Schreiben in einem Zug
Kurzgeschichten zum Thema „Bahn"

Schreiben in einem Zug

Kurzgeschichten zum Thema „Bahn"

Herausgeber: Deutsche Bahn AG und Books on Demand GmbH
Herstellung und Verlag: Books on Demand GmbH, Norderstedt
ISBN 3-8334-1906-7

Liebe Leserin, lieber Leser,

zweifellos – das Thema Bahn ist eine Quelle schier unerschöpflicher Inspiration. Das beweist die überwältigende Resonanz, die der erstmals auf www.bahn.de ausgeschriebene Literaturpreis erhielt. Das Motto „Schreiben in einem Zug", initiiert von der Deutschen Bahn und Books on Demand – unterstützt von der Stiftung Lesen – veranlasste über 1600 Nachwuchsautoren dazu, ihre Beiträge einzureichen.

Vor Ihnen liegt nun die Sammlung der besten 15 Geschichten, die eine prominent besetzte Jury auswählte, darunter der Schriftsteller Thomas Hettche, ein Journalist der Frankfurter Rundschau ebenso wie ein Redakteur der DB-Kundenzeitschrift mobil, Vertreter von Stiftung Lesen, der Deutschen Bahn und Books on Demand.

Entstanden ist auf diese Weise eine Anthologie, die ein buntes Netz aus Geschichten über die Bahn spinnt. Faszinierend ist dabei, welch unterschiedliche Funktionen die Autoren der Bahn zuschreiben: ob Zufluchtsstätte für suchende Seelen, Hort des geistigen Freiraums, Ort der skurrilen Begegnungen oder Vehikel für den Aufbruch in ein neues Leben – die Bahn steht im Zentrum bewegender Geschichten über menschliche Träume, Ängste, Widersprüche, Sehnsüchte und Realitäten. Und so ist dieses Buch eine aufregende Reise in die schillernden Welten der Fantasie.

Wir wünschen Ihnen viel Vergnügen bei der Lektüre.

Ihre

Deutsche Bahn AG und Books on Demand GmbH

Mit freundlicher Unterstützung der Stiftung Lesen

Inhalt

Jasamin Ulfat: Alleinsam (1. Preis)   9

Ingrid Walter: Das Etui (2. Preis)   15

Daniel Oliver Bachmann: Jussuf (3. Preis)   23

Almut Baumgarten: Mimesis   26

Chris Brockhaus: Eliza   31

Christiane Dieckerhoff: Endstation   41

Kathrin Elfman: Was Bahnfahren mit Telepathie zu tun hat   47

Jutta von Frankenberg und Proschlitz: Unterwegs 2088   54

Barbara Friedrich: Abgeleckt   60

Katrin Hage: Hund, Katze, Maus   67

André Hille: Der Ausstieg   72

Heinz-Werner Jezewski: Manuel   79

Reinhard Keck: Sofia   83

Karl Olsberg: Die Fingerübung   89

Sophia Wiest: Der Junge, der auf Koffern und in Zügen lebt   96

Die Autoren   103

Jasamin Ulfat: Alleinsam

Manchmal, wenn ich alleine bin – ach, und das bin ich schon ab und zu: alleine –, dann packe ich einen Koffer mit einem Butterbrot (ein Schokoriegel noch, vielleicht), kaufe mir ein Bahnticket und ziehe los. Und meistens ist es dann Sonntag.

Ich mag große Bahnhöfe, den Geruch von Schienen und den melancholischen Duft von Bahnhofsbäckereien. Manchmal vergisst man, dass es viele Menschen gibt, aber der Bahnhof erinnert wieder daran. Mein Koffer und ich schauen interessiert dem Schalter zu, wie er Menschen Bahntickets schenkt – es ist laut, und ich muss lächeln. Die Sommerhitze versucht auch in der großen Halle zu flimmern, aber sie darf nicht, das weiß sie: In Bahnhofshallen ist es immer kühl.

Ich sage das Alphabet auf, rufe irgendwann »Stopp!« und möchte in eine Stadt fahren, die mit dem Zufallsbuchstaben anfängt. Es summt und brodelt um mich herum, die Stille meiner eigenen vier Wände wäre bestimmt neidisch auf den Geräuschpegel, dem ich jetzt gehöre. Ich mag das Wort »beschwingt« nicht, fühle mich aber trotzdem so. Manche Leute fragen, wo das Gefühl Freude zu Hause ist, und ich weiß es: Die Freude wohnt im Zwerchfell. Von dort startet sie ihre Ausflüge und macht sich breit. Ich winke ihr zu und bin fröhlich, weil sie sich blind in mir zurechtfindet. Die Freude ist ein gern gesehener Saisongast.

Gleis vier liegt neben Gleis drei, das ist gut so, und ich habe es gefunden. Eine kleine blaue Anzeigetafel spuckt die Abfahrtszeit meiner Bahn aus und verschluckt sich ein bisschen, ich fahre jetzt nach Warzburg – armes ü. Ein Mann zieht seinen Hut und fragt, ob er sich setzen darf. Ich sage: »Bitte!«, er lächelt, läuft den Bahnsteig weiter entlang und fragt auch jeden anderen Menschen. Ich zwinkere meinem Koffer zu, der lächelt verschwörerisch zurück. Wenn die Menschen wüssten, dass nur ein Butterbrot drin ist, dann wären sie vielleicht sauer. Aber ich kann doch nicht ohne Koffer an einem Bahnsteig stehen!

Als ich einsteige und einen Platz suche, pfeife ich ein kleines Lied – das merke ich aber erst, als mich ein Mensch komisch anschaut. Es tut mir Leid, ich hatte ihn nicht bemerkt. Der Hund des Menschen japst eine Fliege aus. Es ist heiß.

Viele Plätze sitzen nebeneinander und fast alle sind besetzt. Ein älteres Ehepaar schaut sich misstrauisch an, als ich mich setzen will. Es ist dann aber doch in Ordnung, und Sitzen tut auch gut. Das Ehepaar heißt Willi und Anna.

Willi sagt: »Dat Mädchen, dat hat auch gekifft, dat sach ich dir!« Und Anna: »Die hatte bestimmt auch mit Drogen, Willi!« Und Willi: »Ach, sowieso, die raucht doch auch immer das Ecstasy!« Beide nicken dramatisch. »Dat Mädchen« ist die neue Freundin des Sohnes.

Ich habe noch nie Ecstasy geraucht und bin auch ganz stolz drauf. Vielleicht würde ich aber auch den Sohn gar nicht so gerne mögen.

Ich schaue mich so ein bisschen um und sehe sehr viele Menschen. Nirgends trifft man so viele unterschiedliche Menschen wie in der Bahn. In der Schule trifft man Schüler und Lehrer, im Krankenhaus Ärzte, Schwestern und Kranke, aber in der Bahn trifft man fast jeden Menschen. Interessant ist das – und man hat auch Spaß. Irgendwo lacht jemand, und es klingt wie eine Babyrassel.

Ach, und die Landschaft finde ich nett! Große und kleine Hügel halten Händchen und bilden eine lange grüne Kette. Ein Mann liest »Lieder, Leichen und leidvolle Kreaturen« – er lacht und schlägt sich auf den Oberschenkel. Das Grün macht durstig und ich wünsche mir einen Indianerüberfall. Vielleicht zumindest gerne eine klitzekleine Büffelherde, aber die sind ja in Deutschland längst ausgestorben.

Oh nein! Jetzt muss ich gähnen.

Ich wache auf, als wir halten, und ich nehme meinen Koffer und gehe zur Tür. Ein riesengroßer Mann mit Glatze und Tätowierungen um die Ohren lacht und nimmt einer alten Dame einen schweren Koffer weg. Er jodelt ein bisschen in den Himmel, die alte Dame quietscht (vielleicht Angst?). Dann stellt der Mann den Koffer auf den Bahnsteig. »Bitte schön, die Dame!«, sagt er und will meinen

Koffer nehmen. »Butterbrot!«, sage ich, lächele und er berührt mich freundschaftlich an der Schulter.

Alle Menschen starren entsetzt, als er mich hochnimmt, samt meinem Koffer aus der Bahn hievt und auf den Bahnsteig stellt. »Das Leben ist schön!«, singt er und ich lache aus vollem Hals. Wenn ich mal einen Vater habe, dann vielleicht gerne ihn, ich will ihm das sagen, aber leider drängen mich die Menschenmassen weiter. Der tätowierte Riese steht inmitten der Leute wie ein Fels.

Eine Cola müsste ich jetzt trinken. Ich habe noch ein oder zwei Geldmünzen und mein Koffer hat ja das Butterbrot. Der Boden sieht gemütlich aus. Eine Gruppe Japaner steht an einer Litfaßsäule. »Darf ich mich setzen?«, frage ich.

Irgendwo mir gegenüber steht eine Sitzbank, und irgendwo auf der Bank sitzt ein junges, verliebtes Pärchen. Es ist Sonntag. Sie sitzen auf einer Bahnhofsbank und strahlen einander an. Sie müssen sehr glücklich sein.

Ich bin meistens froh, aber glücklich war ich schon lange nicht mehr. Ich möchte so gerne jemandem etwas schenken, aber ich weiß einfach nicht wem. Ich muss an meine kleine Wohnung denken.

Bevor ich … bevor ich … bevor ich zu weinen anfange, stehe ich auf und gehe in die kleine Bahnhofsbücherei. Ich suche nach »Lieder, Leichen und leidvolle Kreaturen«, finde aber nur einen großen roten Duden.

Ein Regal trägt lauter Reiseberichte, und es steht ihm gut.

Oh, was ist das?

Ich schleiche mich ein Stück näher ran, und tatsächlich: Vor dem Regal steht ein wunderbarer Mensch – mit blonden Locken und schokobraunen Augen. Etwas Trauriges liegt in seinen Augen, ich möchte nicht, dass sie mich anschauen. Aber ich möchte diesen Menschen gerne bis in alle Ewigkeiten beobachten.

Mein Plan funktioniert nicht und der Mann sieht mir direkt ins Gesicht. Mir bleibt ein bisschen der Atem weg: Er schaut so traurig aus, aber er lächelt mich an.

»Hallo!«, sagt er, und ich: »Hallo!«

Er heißt Jan und hat sich noch nie ein Buch über Irland gekauft. »Man lebt seltsam ...«, murmelt er. Ich nicke und stecke meine Hände unschlüssig in meine Hosentaschen. Dann sehe ich »Mut tut gut«-Postkarten und möchte zwei kaufen: eine für ihn, eine für mich.

Jan mag »Mut tut gut«-Postkarten, er lächelt wieder, und es sieht sehr nach Vergangenheit aus. »Früher hatte ich viele Freunde«, erzählt er mir.

Wir finden, dass Sonntag zu Erdbeereis passt, und setzen uns in eine Eisdiele.

Die meisten Eisdielen sind abgeschlossene Welten, man hat das Gefühl fernzusehen, wenn man sich die vorbeilaufenden Menschen anschaut. Bei Bahnhofseisdielen ist das anders – man sitzt mittendrin.

»Wo reist du hin?«, fragt Jan und ich sage: »Ich weiß es nicht, aber ich bin schon da.«

Was er hier tue, frage ich ihn, denn er hat keinen Koffer dabei.

»Ich möchte mich umbringen«, erwidert er und hält eine Erdbeere in der Hand.

»Warum?«, möchte ich wissen.

»Ich habe es versprochen«, sagt er.

»Wem?«, frage ich.

Jan redet ein bisschen. Seine Stimme klingt wie Cappuccino und hält wach. Er trägt zwei Lederbänder um den Hals und vier um den linken Arm. Vor einem Monat habe er beschlossen, heute zu sterben. Danach hätte er die schönste Zeit seines Lebens gehabt. Er habe alle Dinge getan, die er schon immer mal tun wollte: auf einer Wiese einschlafen, eine teure Uhr kaufen, seiner alten Nachbarin beim Kuchenbacken helfen und mit Kreide auf eine Fußgängerzone malen.

»Jetzt muss ich sterben«, sagt er noch, sonst würde er alles kaputtmachen. Der Tod sei ein netter Herr und er, Jan, wolle sich für alle Geschenke bedanken.

»Wie?«, frage ich und lege mein Kinn in meine rechte Hand. Die Erdbeeren sind ganz frisch.

»Ich muss vorher fliegen!«, entgegnet er leise und klingt fast ein bisschen fröhlich. Er möchte von einem großen Turm springen. »Da!«, zeigt er, ich lächele.

»Sehr hoch!«, sage ich, und dann ernst: »Sehr schade!«

Ein Junge läuft an uns vorbei, er lacht. Er hat Volvic mit F gesagt. Links von uns sitzt eine dicke Frau auf einer Bank, sie hat die Beine ausgestreckt und legt sie nun über Kreuz. Sie sieht aus wie ein großer Hefezopf, das denkt Jan auch, aber wir meinen es beide nicht böse.

Dann weine ich ein bisschen.

Jan legt seinen Arm um mich und flüstert, ich sei ein Engel. Sicherlich müsse der Himmel schön sein. Ich sage: »Mich hat heute ein Riese getragen«, und dass ich Bahnhöfe immer schön fände. Jan sagt, es täte ihm Leid, wenn er Bahnhöfe jetzt hässlich mache. Der Geräuschpegel bläst sich auf wie ein Ballon, bald wird er platzen.

Als Jan aufsteht und bezahlt, muss ich an meine Balkontür denken. Sie quietscht und ächzt, wenn man sie öffnet, also habe ich sie geschont. Jetzt geht sie gar nicht mehr auf.

Alles tut mir weh, aber ich vergesse meinen Körper, als Jan in der Ferne immer kleiner wird. Ich springe auf und renne ihm hinterher, doch er ist schon verschwunden, und mein Atem geht schneller. Die Menschenmassen brausen wie Meereswellen über meinen Kopf hinweg. Ich rieche eine Würstchenbude und mir wird schlecht, so schlecht, so schlecht! Ich renne zweimal nach links, einmal nach vorn und drehe mich oft im Kreis. Der große Turm lächelt mich müde an, die Hitze flimmert um seinen Bauch.

Ich merke es nicht, aber ich stehe plötzlich neben ihm und schaue an ihm hoch. Die Stufen laufen sich leicht, denn sie haben unterschiedliche Höhen. Meine Knie funktionieren, Gott sei Dank, ich bin immer noch jung. Luft habe ich keine mehr, und die Wendeltreppe dreht und dreht sich.

Ich merke nicht mehr, dass ich weine, überhaupt trocknet der Wind meine Tränen. Endlich – ganz schwindelig – bin ich oben angekommen und Jan, J-a-n, J-A-N steht am niedrigen Geländer!

Mit letzter Kraft renne ich und falle ihm in die Arme. Ich drücke ihn so fest, dass mir die Luft wegbleibt, und sage: »Mir ist schwindelig!«

Jan lächelt und hält mich auf Distanz, er möchte mein Gesicht sehen. Ich rede viel, ich sage: »Der Tod ist ein netter Herr, ein Gentleman.« Ich sage: »Er braucht dich nicht!«

Jan drückt mich an sich und schaut den Turm hinab. Ein leichter Wind fährt durch seine blonden Locken; er duftet nach heißen Waffeln mit Vanilleeis.

»Das Leben …«, sagt er, »sollte nie zu schön werden, mein kleiner, lieber Engel.«

Ich habe meinen Koffer in der Eisdiele stehen lassen, denke ich erschrocken. Dabei war es doch heute Morgen nur ein ganz normaler Sonntag.

Ingrid Walter: Das Etui

Die Mutter meiner Mutter war viele Male verheiratet und ich nahm ihre Männer hin wie den Wechsel der Jahreszeiten. Den Ersten kannte ich nicht. Von ihm hieß es nur, er sei im Krieg geblieben. Ihr zweiter Ehemann starb kurz nach der Hochzeit. Ich habe ihn einmal im Krankenhaus besucht. Danach sah ich den Sarg mit einem weißen Lilienbouquet auf dem Hauptfriedhof. Zwischendurch gab es immer mal einen Onkel und dann Herrn Löllmann aus Zeilsheim. Er schenkte Großmutter ein breites goldenes Armband und starb vor der Hochzeit. Dann aber kam Arno, und da merkte ich gleich, dass etwas anders war, weil *Oma* zum ersten Mal nicht mit mir Silvester feiern wollte, sondern mit ihm. Wegen Arno zog meine Großmutter aus Frankfurt weg und ich war beleidigt – jahrelang. An ihm musste etwas dran sein, zumal ihn meine Mutter mit einem spöttischen Unterton *die große Liebe* nannte.

Ihre *große Liebe* lernte meine Großmutter während einer Zugfahrt kennen. Das fiel mir ein, als ich letzte Woche mein Nachtschränkchen ausräumte und auf einmal das Etui in der Hand hielt und damit alles wieder da war, die ganze Geschichte, die sie mir im Krankenhaus erzählt hatte – eine Woche, bevor sie ins Koma fiel. An jenem Tag hatte ich sie kaum erkannt, stumm vor Schreck über ihre wachsweiße, lockere Haut und ihre Winzigkeit in dem großen Bett. Meine Großmutter war wie ich eine kleine Person, die im Stehen gar nicht viel hermachte. Im Sitzen dafür umso mehr. Deshalb war sie davon überzeugt, dass die Sache mit Arno ihr nirgendwo anders hätte passieren können als in einem Zug. Im Sitzen fielen ihr hellblondes Haar, das gut geschnittene Gesicht mit gerader Nase und hohen Wangenknochen, ihre grauen bis blauen Augen auf – dann erschien sie schön. Mit dem linken Auge sah sie sehr schlecht, vermied es jedoch, ständig eine Brille zu tragen, sondern verwahrte die Sehhilfe in einem hellen Eidechsenlederetui.

15

Als ich mich zur ihr auf den Bettrand gesetzt hatte, sagte sie, sie erzähle mir jetzt, wie das mit Arno gekommen sei, weil das immer irgendwie zwischen uns gestanden habe und weil sie wolle, dass ich noch etwas anderes erfahre vom Leben.

Es gebe etwas, das jenseits stehe von Vernunft und Verstand und das meiner Mutter und deshalb vielleicht auch mir fremd sei. Arno sei ja nicht der Vater ihrer Kinder gewesen. Tatsächlich hatte sie ihn erst viel später kennen gelernt, als sie schon knapp über sechzig war. Meine Mutter habe früh bemerkt, dass das was Ernstes sei, und sie dafür verachtet. So drückte sich meine Großmutter aus und gab mir das Echsenlederetui. Ich öffnete es, und darin lag keine Brille mehr, sondern ein Paar Eheringe mit ungewöhnlichem, rotgoldenem Zickzackmuster.

In beiden Ringen war das Datum, an dem sie sich kennen gelernt hatten, eingraviert. Das war am 8. Oktober 1974 auf einer Fahrt Richtung Oberstdorf im Allgäu.

»Arno saß bereits in dem Abteil, wo auch mein Sitzplatz war«, begann Großmutter. »Durch die Glasscheibe sah ich einen Mann, der über eine Zeitschrift gebeugt am Fenster saß. Mir fiel sein volles, glattes Haar auf, in dem ein paar Strähnen verrieten, dass es einmal dunkelbraun gewesen sein musste. Ich zog die Tür auf und setzte zu einer Frage an: ›Pardon, Wagen Nummer sieben?‹ Da blickte er mich an, erst ernst, dann mit langsam immer weiter nach oben wandernden Mundwinkeln. Ein Lächeln, eine Spur zu lang, für die reine Höflichkeit. ›Ist doch hier?‹, fragte ich dann, um die Sache irgendwie in Gang zu bringen, die Hand immer noch am Griff der Tür zum Abteil. ›Ja, richtig‹, kam es zögernd von ihm und von mir nur ein ›Gut‹, gefolgt vom schleifenden Geräusch meines Koffers. ›Warten Sie‹, sagte Arno, stand auf, und ich dachte noch, der ist ja gar nicht groß, aber irgendwie drahtig, da griff er auch schon nach dem Koffer und berührte meine Hand, die auch noch an dem Griff war.«

»In diesem Moment«, fuhr meine Großmutter fort und flüsterte jetzt, sei ihr ganz heiß geworden, und diese Hitze habe dann irgendwie zwischen ihnen gewogt, während er den Arm gehoben und den Koffer mit Leichtigkeit nach oben geschwungen habe.

»Ich kann dir gar nicht sagen, was das war, denn vorher hatte ich das nie erlebt. Aber ich war mir sicher, dass er es auch bemerkte, denn er vermied es, mich anzusehen. Ich setzte mich gegenüber und war schon zu diesem Zeitpunkt enttäuscht, als er seinen Blick wieder in die Zeitung versenkte, die ich noch nicht einmal kannte. Etwas in mir hatte beschlossen, ihn nicht einfach aussteigen zu lassen. Dieses Etwas gab keine Ruhe und ließ mich schamlos denken, mein Gott, vielleicht ist's das letzte Mal.

Ich versuchte ein paar Anstandsminuten rumzubringen, griff nach meiner Krokotasche, klappte sie geräuschvoll auf, um nachzusehen, ob meine Nase etwa glänzte, und holte mein Brillenetui heraus. Auf all das reagierte er nicht. Also erhob ich mich wieder, blickte nach oben zum Koffer und sagte: ›Ach, zu dumm, jetzt ist mein Buch da drin.‹ Dabei konnte ich sehen, dass es in seiner Zeitschrift scheinbar um Sport ging. Die aufgeschlagene Seite zeigte so eine medizinische Abbildung der Beinmuskulatur und daneben stand ‚Durchschnittlicher Kalorienverbrauch‘. Diese Worte las ich mit Verwunderung und Skepsis, denn einerseits hatte ich nie viel Interesse an Sport, bringe das mit Schweißgeruch und engen Umkleidekabinen in Verbindung, andererseits interessierte mich der Mann gegenüber, und ich wollte mir nicht vorstellen, dass er sich mit so etwas Gewöhnlichem wie Sport abgab.

Er war schlanker als ich und hatte kräftige Hände, an denen Adern und Knochen hervortraten. Und – ich erschrak über mich selbst – du kannst es mir glauben, denn in diesem Moment kam mir auf einmal sein Körper in den Sinn, ganz ohne das gestreifte Hemd und sogar ohne Hosen. Seine Beine stellte ich mir vor, muskulös und mit wenig Haaren auf der noch festen Haut, und das alles in meinem Alter, dachte ich damals – und wirst du denken –, aber ich kann dir sagen, das hört nicht auf, das Verlangen bekommt keine Falten.«

Die letzten Worte hatte meine Großmutter in einem Zug gesprochen. Und obwohl ich sehr erstaunt über das war, was sie da sagte, unterbrach ich sie nicht, denn ich hatte schon erlebt, dass sie dann den Faden verlor, und das wollte ich nicht riskieren.

»Arno war natürlich ebenfalls aufgestanden, hatte den Koffer wieder heruntergenommen und ihn behutsam auf die blassroten Armlehnen der Nachbarsitzbank gelegt. Ich bewunderte seine kraftvollen, gemessenen Bewegungen und fragte mich, ob das etwa mit dem Sport zusammenhing. ›Hier in der Seitentasche‹, sagte ich, zog mein Buch hervor und hielt ihm frech den Titel hin, nur um zu provozieren, denn es war ein Buch in französischer Sprache: *Claudine* von Colette, und ich rechnete fest damit, dass ich ihn in diesem Augenblick mehr interessierte als der Titel. Jedenfalls fand ich, dass in seiner Feststellung ›Oh, sogar französisch‹ alles mitschwang, was man mit französisch sprechenden Frauen gemeinhin in Verbindung bringt. Dieses Herzeigen des Titels war wie das Herzeigen einer verborgenen Seite in mir, einer Seite, die man einer Frau von sechzig weder zutraut noch ansieht. ›Nur ein kleiner Roman zum Auffrischen‹, versuchte ich die Sache jetzt abzufangen, aber er hatte schon kapiert und antwortete mit einem schiefen Lächeln: ›Man vergisst so schnell.‹ Und wenn ich ehrlich sein will, muss ich zugeben, dass wir zu diesem frühen Zeitpunkt der Unterhaltung schon über ganz unerhörte Dinge sprachen, nämlich darüber, ob die eine noch will und ob der andere noch kann.«

Hier machte meine Großmutter eine Pause und atmete hörbar. Die Ehrlichkeit hatte sie angestrengt und mich verblüfft, ja fast erschreckt, und erst mit jedem Jahr mehr Lebenserfahrung verstehe ich besser, wie sie die Geschichte damals gemeint hat, frage mich aber dabei, wie und wann man so etwas nur anfängt.

Arno habe ihr dann auf Französisch ein Kompliment über ihr blaues Kleid gemacht, wie gut es zu ihren Augen passe.

»Du kannst mir glauben, seine Aussprache hat mir gleich alle Härchen am Körper aufgestellt. Ich lobte ihn, und er sagte, wie paradox doch das Leben sei, denn er habe das Sprechen in französischer Kriegsgefangenschaft gelernt, von einem Mann, der dann sein Freund geworden sei. Über den Freund kamen wir auf die französische Küche und darüber auf gesunde Ernährung und endlich zum Sport. Denn seit ich die Zeitung gesehen hatte, ließ mir das ja keine Ruhe mehr.

Ich wollte wissen, was ein so gebildeter Mann wie er mit Sport am Hut hatte, und als Arno erzählte, dass er Marathonläufer sei und auf dem Weg zu einem Wettlauf nach Sonthofen, blieb mir die Luft weg. Auch deshalb, weil ich mich für meine engstirnigen Vorstellungen schämte, die wohl noch aus der Ehe mit meinem ersten Mann, Sohn einer Leipziger Kaufmannsfamilie, herrührten. Arno begann schon in den ersten Minuten unserer Bekanntschaft an meinem fest gefügten Weltbild zu rütteln, und ich kann dir sagen, das war spannender als all die goldenen Armbänder zuvor.

Ich muss ungläubig dreingeschaut haben, wahrscheinlich stand mir der Mund offen, denn er beeilte sich mit der Erklärung, natürlich laufe er in seiner Altersklasse, sei da aber einer der Besten, mit knapp vier Stunden. Bei der Vorstellung, vier Stunden lang zu rennen, wurde mir ganz kribbelig in den Beinen. Das hielt allerdings nicht lange an, dann gewannen meine Gedanken schon wieder die Oberhand und befanden, so einer hat einen langen Atem und ein gutes Herz. Seit er ›Sonthofen‹ gesagt hatte, ratterte mein Hirn sowieso und schmiedete Pläne, wie ich ein Wiedersehen arrangieren könnte. Im Kopf ging ich die Haltestellen durch, stellte fest, dass ich nichts zu überstürzen brauchte, und schob vor, nun doch ein paar Seiten lesen zu wollen. Beide vertieften wir uns in die Lektüre, und ich achtete darauf, dass er meine Sehschwäche bemerkte.

Um die Mittagszeit steckte ich die Brille wieder zurück in ihr Behältnis, deponierte es auf der kleinen Ablage am Fenster und verließ das Abteil, um in den Speisewagen zu gehen. Dort bestellte ich mir einen Kaffee, und gerade als draußen der schöne durchbrochene Turm des Ulmer Münsters ins Blickfeld kam, stand Arno in der Tür.

Mit einem ›Ach, hier sind Sie!‹ legte er das Etui vor mir auf den Tisch und schob noch nach: ›Vielleicht brauchen Sie die.‹
›Ich wollte sie wirklich gerade holen‹, log ich, schneller, als meine gute Kinderstube es verhindern konnte. ›Ich kann Ihnen ja vorlesen‹, erwiderte er und die Brille blieb auf dem Tisch liegen.

Er bestellte einen Salat und ich auch, obwohl ich keinen mag, aber schließlich konnte ich doch nicht mehr essen als er. Und ich dachte, das ist bestimmt wegen des Laufens, und fragte ihn, wie er das aushalte, vier Stunden am Stück. Beim geduldigen Aufspießen eines störrischen Salatblattes erklärte er mir, das komme einfach so, ohne viel Zutun.

Zuerst kontrolliere man noch den Puls und die Zeit und fühle seine schmerzenden Fußknöchel oder die Knie. Dann aber, etwa nach einer halben Stunde, kämen Bilder aus der Erinnerung nach oben und schwebten eine Weile vor einem, bis andere sie ablösten und die Landschaft schließlich mit einem selbst verschwimme. Und irgendwann höre man auf zu denken. Jedenfalls komme ihm das so vor, weil man nichts mehr zu steuern versuche, sondern nur noch dem eigenen Herzschlag folge, ohne einen Anfang und ohne ein Ende – genauso wie eigentlich jetzt. Das fügte er langsam hinzu, und ich weiß noch, dass ich zu meinem Erstaunen Marathonlaufen auf einmal spannend fand und schön, weil ich fühlte, dass er fühlte, was ich fühlte. Und ich liebte ihn plötzlich für diese Worte. Ich liebte ihn so sehr, dass ich mich fragte, warum ich dafür verdammte sechzig Jahre alt werden musste, und bedauerte erstmals mein Alter, und zwar deshalb, weil wir nicht mehr alle Zeit der Welt haben würden – und da gab es plötzlich einen Ruck, sodass wir beide mit den Köpfen beinahe zusammengestoßen wären, und der Zug hielt auf offener Strecke an.

Im Augenblick der plötzlichen Nähe weiteten sich seine sowieso schon großen Augen, und am liebsten wäre ich versunken in diesem Meer vor mir, braun und samtig. Arno hielt sich mit der Hand am Tisch fest und sagte: ›Das hätte ins Auge gehen können‹, worauf wir beide lachen mussten. Leute standen jetzt auf, zogen an den Fenstergriffen und versuchten den Grund für unser Halten zu erspähen.

Auch wir sahen hinaus, zur Spitze des Zuges, links und rechts abgemähte Stoppelfelder unter einem herbstblauen Himmel. Das Einzige, was wir sehen konnten, war ein Tunnel, vor dem der Zug jetzt stand. ›Vielleicht hat sich da jemand von der Brücke gestürzt‹, sagte eine Frau mit Hut neben mir. Arno aber sagte ganz leise: ›Schade‹, und ich fragte: ›Schade, warum?‹, und er wieder: ›Schade, dass wir nicht im Tunnel halten – sonst könnte ich jetzt versuchen, Sie zu küssen.‹

Mein Blut pulsierte bis in die Fingerspitzen, und ich dachte, dass man in unserem Alter so einen Tunnel bitter nötig hat, denn zwei Sechzigjährige, die sich im Zug küssen, das fände doch jeder unmöglich, mich eingeschlossen – bis vor drei Stunden.

Bevor ich etwas erwidern konnte, stand der Schaffner neben uns und sagte, auf den Gleisen sei eine tote Kuh, die würde gerade weggeschafft, und die Frau mit Hut meinte: ›Da haben wir aber Glück gehabt‹, und Arno sagte wieder: ›Schade. So schnell schon.‹ Und ich dachte mit Wonne, meine Güte, der raubt mir den letzten Rest Verstand, und am liebsten hätte ich mich neben ihn gesetzt, auf seine Sitzbank, um seine Hände, Arme, Schultern zu berühren, aber das traute ich mich nicht. Ich konnte ihm nur die grauen Konturen der Alpen in der Ferne zeigen und das Haus meiner Schwester, bei der ich mich aufhalten würde, beschreiben«, sagte meine Großmutter und fügte noch hinzu: »Du weißt ja, wo.«

Ich nickte, denn ich konnte mir ungefähr vorstellen, wo der Zug gehalten hatte, war die Strecke oft in den großen Ferien mit ihr gefahren und wusste, dass es dort war, wo man immer zuerst die Umrisse der hohen Berge wie eine Verheißung auf den ganzen Urlaub sah.

»Dann ging es weiter, und wir bezahlten. Ich ließ mein Etui auf dem Tisch liegen und bemerkte im Hinausgehen mit Genugtuung, wie er es einsteckte. Kurz vor Sonthofen nahm er seinen kleinen Koffer und eine längliche Sporttasche von der Ablage und gab mir die Hand. ›Vielleicht sehen wir uns mal wieder‹, sagte er noch. Aber das ›Vielleicht‹ war nicht echt, das konnte ich an seinen Augen sehen, in denen ein kleiner Triumph blitzte, denn er hatte ja das Etui. – Den Rest kennst du ja«, sagte meine Großmutter abschließend. Und ich nickte, hatte aber plötzlich das Gefühl, gar nichts davon zu kennen und nichts von ihr gewusst zu haben, die ganzen Jahre lang. Mit einem Blick zum Fenster versuchte ich meine glänzenden Augen zu verbergen und die Tränen am Rausfließen zu hindern, und meine Großmutter sagte nur leise: »Brauchst nix sagen.«

Das klang irgendwie tröstlich, doch im Moment konnte ich das Etui mit den Ringen darin nur leise zuklappen und später wegräumen, aus meinen Augen, alles andere hätte mir wehgetan.

Letzte Woche habe ich die Ringe übergestreift, über den linken Zeigefinger, und das Echsenlederetui steckt in meiner Handtasche. Ich habe meinen Lieblingskuli hineingelegt, nicht meine Brille, die ich ständig tragen muss. Und schon jetzt ertappe ich mich bei dem Gedanken, dass ich auf einen günstigen Moment warte, es irgendwo auszulegen.

Daniel Oliver Bachmann: Jussuf

Es war kurz nach unserem fürchterlichen Streit. Ich hatte die Tür hinter mir zugeschlagen, war zurück nach Berlin gefahren, zu Jussuf, dem Einzigen, der mir zuhören wollte. Jussuf, klein und pockennarbig, dreißig Jahre Rangierer auf dem Lehrter Stadtbahnhof. Bei einem Arbeitsunfall quetschte es ihm beim Abkoppeln eines Waggons mit irischer Butter die Finger ab. Seither saß er zu Hause, sein Platz war in der Küche auf der schmalen Seite der Eckbank. Und ich hatte Recht gehabt. Er unterbrach mich nicht ein einziges Mal. Tat, als habe er alles vorher schon gewusst. Methusalem-Weisheit. Stimmte vielleicht auch. Der Mann war schließlich dreißig Jahre verheiratet.

»Was du nie schaffen wirst, wenn du so weitermachst«, sagte er zwischen zwei Schluck Tee. »Und was soll jetzt passieren?«

Ich war am Ende meiner Weisheit. Jussufs Frau Mekata sprang mir bei.

»Erst essen«, sagte sie, stellte einen Teller Kebab mit frischen Kräutern vor mich, »danach sieht die Welt anders aus.«

Manchmal irrt die Göttin. Auch nach dem Essen wusste ich nicht weiter. Jussuf beobachtete mich scharf, stopfte umständlich seine Pfeife, goss Wasser in ihren Bauch, legte glühende Kohlenstücke auf den Tabak, saugte am Mundstück. Blubbern erfüllte die Küche, der Duft würzigen Tabaks stieg auf.

»Hab ich dir schon einmal vom Anton erzählt, genannt Toni, die Lok?«, fragte er mich. »Nein? Kollege von der Arbeit, hat die R 385 gesteuert, beste Rangierlok von Welt, und Toni, das war der beste Lokführer drauf. Im Winter '93, also 'ne Weile her, stand ein Zug Kohlen vom Niederrhein drei Wochen auf den Gleisen, die Buchhaltungsfrösche hatten's vermeiert, da hieß es auf einmal, das Dingens muss weg, 's kommt ein Tankzug mit Stücker dreißig Waggons. Der Toni und ich, wir haben den Kohlenzug runtergeschleppt, und da passiert es, eine Pleuelstange vom Getriebe reißt sich los. Der Toni runter und nachgeschaut, und wie er sich bückt, haut die Verbindung ganz ab und klatscht ihm ins Genick. Hat ein bisschen geknackst, aber weiter nix, nur ein paar Wochen Schmerzen hat er gehabt und musste so eine Halskrause tragen, sah ganz schön bescheuert aus. Sieben Jahre später, kein Mensch hat mehr dran gedacht, ist die Hochzeit von seinem Sohn, Toni junior. Der hat damals auch als Rangierer gearbeitet und seine Frau im Nachtzug nach Hamburg kennen gelernt, die war Liegewagenschaffnerin, da ist er jede Nacht nach Hamburg gefahren und morgens wieder zurück, war immer pünktlich zum Dienst, hat er sich nicht nehmen lassen, zwei Jahre lang. Da kriegt sie den Zug nach München – ging das also nicht mehr, und Toni junior sagt, gut, wenn die Dinge so stehen, wird jetzt geheiratet.

Am Tag der Hochzeit standen wir hübsch Spalier, hatten eine kleine Lore auf Schienen gesetzt, in der musste der Toni seinen Sohn und die Braut durch einen Weidenbogen schieben, den haben unsere Frauen geflochten. Und der Toni legt sich rein, da macht es knacks, und er bricht zusammen. Alle glauben, der macht Spaß, aber wie er nicht wieder aufsteht, wird es uns allen mulmig. Toni junior hat's als Erster gerafft, ist raus aus der Lore und hin zum Vater, aber es war schon zu spät, es war überhaupt zu spät, das Genick hatte er sich gebrochen und war mausetot. Später stellte sich raus, er hatte von der verdammten Stange eine Fraktur, einen Haarriss im obersten Wirbel, so fein, den hat keiner gesehen auf dem Röntgenbild. Wäre ganz einfach gewesen, die Sache in Ordnung zu bringen, doch so ist der Toni jahrelang rumgelaufen, immer auf der Schwelle ins Jenseits, hat nichts davon geahnt, bis das Schicksal sagte, du hast mich lange genug herausgefordert, jetzt ist Schluss damit.«

Jussuf fingerte an der Pfeife, die nicht brennen wollte. Die Erinnerung ging ihm an die Nieren. Brauchte drei Streichhölzer, um eine Flamme zu entzünden. Ich schwieg.

»War wie ein Fluch auf dem jungen Paar. Haben die Hochzeit nachgeholt, aber von Anfang an war der Wurm drin. Streit ohne Ende, um Kaisers Bart, nach einem Jahr haben sie sich wieder getrennt. Sie ist heute noch immer auf dem Zug nach München, aber er hat alles hingeschmissen, lebt von der Stütze.«

Jussuf fingerte an den Kohlestücken. Die Pfeife kokelte, zog nicht.

»Gibt's einen Grund, weshalb du mir das erzählst?«, fragte ich vorsichtig.

Jussuf warf verärgert das Mundstück weg. »Manchmal trägt man was mit sich rum, um das man sich kümmern sollte. Sonst ist's eines Tages zu spät!«

Stand auf, hochroter Kopf, rannte aus der Küche, knallte die Tür hinter sich zu.

»Was hat er denn?«, fragte ich. Mekata stellte einen neuen Teller Kebab vor mich.

»Denk nicht drüber nach«, sagte sie. »Redet den ganzen Tag mit fremder Zunge. Ich versteh kein Wort.«

In der Nacht erwachte ich aus dünnem Schlaf. Hatte geträumt, wusste aber nicht mehr wovon. Stand auf, sah auf dem Weg zum Klo glimmendes Licht in der Küche. Fand Jussuf, die Pfeife brannte. Ich setzte mich zu ihm.

»Morgen früh ruf ich sie an«, sagte ich. »Danke.«

Dem Mann mit den Stummelfingern liefen Tränen über die Wange. Hatte viel mit sich rumzutragen, sein Leben abgespalten vom großen Strom, wusste auch nicht, wo seine Packen abladen. Hinter dem Küchenfenster ein roter Schimmer des frühen Morgens, und ich mit einem Kribbeln im Bauch, das aufregende Zeiten verkündete.

Almut Baumgarten: Mimesis

Ich schob mich seitwärts zu meinem Platz am Fenster, hängte meine Jacke mit dem Futter nach außen über die Kopfstütze meines Sitzes, setzte mich und rückte ihn vor in die um ein wenig bequemere Schräglage. Dann nahm ich meinen breiten blauen Kaschmirschal aus der ledernen Tasche neben mir, faltete ihn einmal in der Länge, lehnte mich zurück auf dem Sitz und legte die dunkle, immer noch handtuchgroße Bahn über mein Gesicht und mein schwarzes, zurückgebundenes Haar. Als der Zugführer die in Frankfurt zugestiegenen Fahrgäste begrüßte, schloss ich meine Augen. Immer verbrachte ich so die ersten zehn Minuten der Fahrt. Schirmte mich ab vor denen, die ihre Plätze noch suchten, die ihre Koffer über meinem Kopf ins Gepäckfach hievten, die, kaum dass sie saßen, nach ihrer Provianttasche griffen und mit Butterbrotpapier raschelten oder zischend und spritzend Bierdosen öffneten. Kurz hinter dem Halt Frankfurt-Flughafen beruhigten sich die Reisenden im Großraumwagen, hatten sich sortiert und gesetzt und gingen den Beschäftigungen nach, die ihnen die Zeit vertreiben sollte bis zur Ankunft in Düsseldorf oder Münster. Ich zog mir den Schal vom Gesicht. Oft saß dann jemand neben mir, auf dem zuvor noch freien Platz am Gang. Meist setzten sie sich leise und mit Abstand. Saßen abgewandt, abgerückt, das eine Bein über das andere und zum Gang hin geschlagen. Sie hatten mich nicht stören wollen in meinem scheinbaren Schlaf. Dann vergrub ich den Schal in meiner Tasche und entnahm ihr ein Buch. Es war immer schmal. Ich wählte sie ausschließlich nach ihrem Äußeren, die Bücher, die ich las, freitags auf der Fahrt nach Köln und sonntags zurück nach Frankfurt. Kleine Formate. Bücher von mehr als zweihundert Seiten mied ich. Thriller schieden so von selbst aus. Auch historische Romane und fantastische Literatur. Ich las Novellen, Erzählungen, Kurzromane. Und sie mussten gebunden sein und neu. Mussten knirschen, wenn ich sie aufschlug zum ersten Mal, irgendwo in der Mitte und roch. Wenn ich nah am Falz, wo sich der Geruch des Papiers mit dem des

Leims mischte, meine Nase vergrub. Gelesene Bücher hatten diesen Duft längst verloren. Er war verströmt oder verfälscht und verdorben von Tabak-, Leder- oder Essensdünsten, die sich in die Fasern des Papiers gefressen hatten. Immer freitags, auf dem Weg zum Bahnhof, betrat ich die große Buchhandlung, ging an den Regalen entlang und mit den Augen über die Bücherreihen, wie einer einen Text überfliegt auf der Suche nach einem verlorenen Wort, bis ein Buchrücken sich hervorhob aus der Masse durch Format und Farbe. Ich war geübt. Nur selten geschah es, dass ich das so gefundene Buch auf seinen Platz im Regal und in der Reihe zurückschob, weil Umschlag oder Titel die Erwartungen nicht erfüllten, die sein Rücken geweckt hatte. Ein winziger Schmerz, eine kleine Kränkung nagte dann an meinem Ehrgeiz, das Richtige auf Anhieb zu treffen.

Aber nicht an diesem Tag. An diesem Tag hatte ich im Nu den richtigen Griff getan. Ein dünnes, ungewöhnlich hochformatiges weißes Buch in einem orangerot melierten Schutzumschlag. Eine Fotografie. Vielleicht ein vielfach vergrößerter Ausschnitt von brodelnder Lava. Hirnglut. Kurzgeschichten. War in sachlichen schwarzen Lettern auf die feurige Masse gedruckt, unter den dunkelroten Namen des Autors, den ich nicht kannte. Ich griff zwischen die Seiten und öffnete das Buch, überdehnte seinen Rücken, ließ ihn leise knirschen. Ich steckte meine Nase in sein Inneres, roch am Falz zwischen Seite zweiundsiebzig und dreiundsiebzig. Dann erst wandte ich mich seinem Inhalt zu. Noch vor Limburg hatte ich die erste Geschichte gelesen. Die Bewohner eines Dorfes versammeln sich, um einen der ihren zu Grabe zu tragen. Einen jungen Mann, noch keine dreißig, der sich erhängt hatte im Wald. Und jeder der Versammelten meint zu wissen, was ihn, den Sohn, den Freund, den Nachbarn, in den Freitod trieb. Bis auf eine, die beim anschließenden Totenschmaus nicht spricht. Die abseits sitzt und schweigt. Und sich nicht beteiligt an den Mutmaßungen der anderen. Die zweite Geschichte hatte nichts von der düsteren, bäurischen Atmosphäre der ersten. Sie spielte in der Großstadt. Alles geht Schlag auf Schlag. Wie im Zeitraffer lernt einer eine kennen, trifft sich mit ihr, treibt es mit ihr. Er wird sie über. Packt seine Sachen und ist weg. Gehäckselte Sätze. Bissig. Zynisch. Der, dem jede lästig wird auf Dauer, steigt in den nächstbesten Fernzug. Stört sich am Gestank, der ihn beim Einsteigen anweht. Der durch den Spalt unter der Toilettentür gekrochen war. Stört sich an den Reisenden um ihn herum, die umständlich ihre Koffer ins Gepäckfach hieven, die mit Butterbrotpapier knistern und Bierdosen zischen lassen. Und er stört sich vor allen anderen, an einer, die er besonders gehässig, die er böszungig schildert. An einer, die kerzengerade den Wagen betritt, die noch an der Tür ihren Platz fixiert und ihn festhält mit ihren arroganten Augen, bis sie ihn erreicht hat. Die steif sich seitwärts zu ihrem Platz am Fenster schiebt, die ihre Jacke mit dem Futter nach außen über die Kopfstütze ihres Sitzes hängt, damit nichts Fremdes, keine Krume, keine Spore, sich in ihrem schwarzen Haar verfangen würde, das streng zurückgebunden sich stramm um ihre Kopfhaut spannt. Die sich setzt und ihn vorrückt, den Sitz, in die Schräglage. An einer, die dann einen breiten blauen Schal aus ihrer Tasche nimmt, die ihn einmal längs faltet, die sich zurücklehnt auf dem Sitz und den Schal über ihr Gesicht legt, um sich abzuschirmen gegen die Zumutung, nicht allein zu sein, in diesem Zug und auf der Welt.

Ich klappte das Buch zu. Die alte Frau, die mich in Limburg gefragt hatte, ob der Platz neben mir frei sei, worauf ich wortlos genickt hatte, löste Kreuzworträtsel. Ich sah aus dem Fenster. Bald würden wir Montabaur erreichen.

Das ist anstandslos, dachte ich. Er hat kein Recht, so zu schreiben. Er kennt mich nicht. Ein einziges Mal hat er mich gesehen. Irgendwo zwischen Frankfurt-Hauptbahnhof und Frankfurt-Flughafen hat er mich beobachtet. Als der Zugführer den nächsten Halt ankündigte, kam mir der peinigende Gedanke, dass er wie ich zur immergleichen Zeit im immergleichen Zug sitzen könnte. Ich ging mit den Augen alle Reihen ab. Über die Hinterköpfe vor mir hinweg musterte ich meine Mitreisenden. Die hohen Lehnen verstellten mir die Sicht.

Freundlich machte die Alte mir Platz, als ich so tat, als müsste ich auf die Toilette. Ich nahm den längeren Weg. Ging langsam den ganzen Wagen ab. Zwei Männer arbeiteten an ihrem Laptop. Auf dem Bildschirm des einen wurden Fachbegriffe, wahrscheinlich medizinische, länger und länger, wuchsen wie wuchernde Würmer. Der andere spielte ein Strategiespiel, baute auf seinem Bildschirm Angriffstürme und trutzige Burgen. Ein Dritter machte sich handschriftliche Notizen. Er war alt. Wahrscheinlich zu alt. Als sie mich kommen sah, unterbrach die Frau ihr Rätsel. Sie stand auf, um mich vorbeizulassen. Es quietschte unter meinen Füßen und ich fiel in meinen Sitz. Auch die Alte hatte sich nicht halten können bei der Bremsung. Sie wurde zurückgeworfen und landete rücklings auf dem Fahrgast hinter ihr. Ich drehte mich um. Der Mann fing sie auf und half ihr hoch, als der Zug endlich stand. Er hob sein Buch auf vom schmutzigen Boden unter den Sitzen, rückte seine Brille zurecht auf seiner schmalen Nase und strich sich durchs jugendlich blonde Haar, während die Gestürzte sich eins ums andere Mal entschuldigte. Es sei, sagte er, nichts weiter passiert und alles in Ordnung, und wollte wissen, ob sie selbst womöglich sich weh getan habe. Nein, beteuerte sie, nur der Schreck sei ihr in die Glieder gefahren. Dann nahm sie wieder Platz neben mir. Die Umsitzenden, die wie ich den Zwischenfall beobachtet hatten, wandten sich allmählich ab. Und der Zug setzte sich in Bewegung. Die Zugestiegenen saßen schon und kramten in ihren Taschen. Ich nahm das dünne Buch wieder zur Hand und schlug es auf. Ganz hinten, um zu erfahren, wie alt der war, der sich angemaßt hatte, mich und meine harmlose Gewohnheit auszuschlachten für seine Geschichte. Mich zu verunstalten. Wie er die Dorfbewohner verunstaltet hatte, die sich nach dem Grund für den frühen Tod des jungen Mannes fragten. Und was liegt näher, wenn einer sich das Leben nimmt. Er hatte ihnen Fratzen ins Gesicht und Gift in ihre Worte geschrieben. Ich las die kurze Vita nicht, die schwarz auf den eingeklappten Umschlag gedruckt war. Ich sah nur das kleine Foto. Aufgenommen im Freien vor unscharfen Zweigen.

Er war noch jung. Auf seiner schmalen Nase trug er eine kleine Brille und er strich sich durchs blonde Haar. Er saß in meinem Rücken. Sah nicht, wie ich errötete. Vorbei an dem blauen Schal schob ich das Buch tief hinein in meine Tasche. Erst in Köln holte ich es wieder hervor. Ich war länger sitzen geblieben als sonst. Stieg als Letzte aus. Lang nach ihm. Ich sah mich um auf dem Bahnsteig. Es waren nur wenige Schritte. Ich stopfte Buch und Schal in die runde Öffnung, die für Restmüll vorgesehen war. Dann löste ich die Spange in meinem Haar, durchwühlte es mit beiden Händen, warf es zurück und ging langsam dem Ausgang zu.

Chris Brockhaus: Eliza

Das war knapp, dachte Eliza, während sie sich atemlos durch die Gänge drängte, durch den Speisewagen, die erste Klasse und dann die Schiebetür zu einem Abteil zur Seite zog – »Ist hier noch ein Platz frei?« – und sich samt ihrem Mantel, Schal und der Tasche auf den freien Platz am Fenster setzte. Sie schloss die Augen, fahr, fahr schon los, dachte sie, als der Zug sich mit einem lauten Pfiff in Bewegung setzte, und sie schaute erst hinaus, als er in gedämpftem Tempo an grauen Vorstadthäusern und Hinterhöfen vorbeiglitt und sich ihre Beklommenheit mit zunehmender Geschwindigkeit legte. Sie schaute auf ihr Ticket, dann auf die Uhr, es war Viertel vor elf, die anderen sitzen jetzt in Mathe, und blickte hinaus, wo die farblose Winterlandschaft vorbeiflog wie ein verwaschenes Bild.

»Wann ist der nächste Halt, bitte?«, wandte sie sich an die Frau neben ihr, die kurz aus ihrer Zeitung aufblickte.

»Nürnberg, in etwa zwei Stunden.«

Eliza sank in ihren Sitz zurück, und ihr Blick fiel auf die makellosen Schuhe ihres Gegenübers, schwarz glänzendes Leder in Socken aus englisch gemusterter Wolle, darüber graue Bügelfalten. Ebenso schwarz glänzte der aufgeklappte Deckel seines Laptops ihr auf Sitzhöhe entgegen, und sie wagte einen Blick auf den Rest des Anzugs, dessen Inhaber leise auf der Tastatur klapperte und konzentriert auf seinen Bildschirm starrte. Der ist grau bis in die Haarspitzen, dachte Eliza und ließ ihre Augen auf seinem Schoß mit dem Laptop ruhen, was immer dahinter auch passierte, und lauschte seinem fast lautlosen Klappern.

Ein Ruck weckte sie aus ihrem Halbschlaf, Eliza sah sich verschreckt um. Die Frau neben ihr stand bereits mit ihrem Koffer an der Tür, Nürnberg, sagte sie und verschwand, und mit ihr die anderen Fahrgäste aus dem Abteil, nur der graue Anzug blieb regungslos sitzen. Eliza atmete auf und merkte, dass sie immer noch wie angewurzelt, mit ihrer Tasche eng umschlungen, dasaß. Ihr war heiß. Sie hatte

Hunger. Sie stand auf, zog Schal und Mantel aus. Mein Pausenbrot, dachte sie und kramte in ihrer Tasche, es war ganz unten, und sie versuchte nicht zu rascheln, dass sie den Computermann nicht störte, und dabei fiel Bobby heraus, der abgewetzte Teddy, genau zwischen die schwarzen Lederschuhe. Sorry, lächelte Eliza, während sie sich nach Bobby bückte und ziemlich sicher war, dass der Mann kurz aufblickte und sich vorbeugte, was da zwischen seinen Füßen vor sich ging. Während sie ihr Mozzarella-Brot kaute, klingelte das Handy von gegenüber. Er sei fast fertig, sprach er zu Georg und schaute mit blauen Augen durch Eliza hindurch. »Nach meinen Berechnungen müssten wir bei drei Komma sieben im Break-even liegen. Ich gehe noch mal die Kalkulation von heute Morgen durch.«

Drei Komma sieben Millionen oder was, überlegte Eliza, nach viel Kohle schaut er schon aus, als die Tür aufging.

»Bordservice, möchten Sie was zu trinken?«

»Einen Espresso und ein Mineralwasser«, orderte Georgs Geschäftspartner und zog sein Portemonnaie aus der Hosentasche.

»Würden Sie mir 'ne Cola spendieren?«, fragte Eliza. Der Mann sah sie überrascht an. »Ich hab kein Geld dabei«, meinte Eliza entschuldigend und knüllte ihr Butterbrotpapier zusammen.

»Ist schon gut« nickte der Graue und gab dem Zugkellner das Geld. Eliza bedankte sich und sagte: »Ausnahmsweise.«

»Wie bitte?«, fragte er.

»Eine Ausnahmesituation«, gab Eliza zur Antwort.

»Ach so«, sagte der Mann und zog die Augenbrauen hoch. Sein Handy klingelte schon wieder. »Hallo?«

Eliza platzierte Bobby auf ihrem Sitz und stand auf. »Könnten Sie mal kurz auf ihn aufpassen, ich muss mal schnell …«

»Moment mal, was ist los?«, fragte der Mann in sein Handy.

Eliza ging zur Tür: »Ich bin gleich wieder da.«

Der Mann schaute zwischen ihr und Bobby hin und her. »Nein«, sprach er ins Telefon, »ich hab nicht mit dir gesprochen, es ist eine junge Dame im Zug, die will … entschuldige, was hast du gesagt?«

Eliza zeigte noch mal auf ihren Sitz, und während sie die Tür zur Seite schob, hörte sie ihn sagen: »Ach, da ist so ein junges Mädchen im Abteil, die will nur zur Toilette … Was mich das angeht? Na hör mal, gar nichts … Jetzt reg dich doch nicht gleich auf, also wegen heute Abend …«

Auf der Toilette schaute Eliza wieder auf die Uhr, es war halb zwei, sie sah in den Spiegel, wusch sich Gesicht und Hände und zog das Gummiband heraus, das ihre langen braunen Haare zusammenhielt, und ging zurück. Der Mann schaute sie an.

»Der Teddy hat wohl schon einiges durchgemacht, so wie der aussieht«, sagte er.

Eliza lachte. »Ja, er hatte viel Stress in letzter Zeit.«

Der Zug fuhr jetzt schnell. Draußen lag Schnee, die weiße Landschaft bestand aus kahlen Feldern und hügeligen Fichtenwäldern. Der Mann tastete wieder auf seinem Laptop herum und Eliza fühlte sich kuschelig in diesem warmen Abteil mit den blauen Sitzen und hätte am liebsten die Zeit angehalten. Einfach so weiterfahren, dachte sie, als der Mann gegenüber sein Telefon nahm und eine Nummer wählte, und sie biss sich auf die Lippen und holte ebenfalls ihr Handy aus der Tasche. Während sie hörte, wie der Mann wieder mit Georg sprach, dass er mit seiner Kalkulation durch sei, wartete sie auf die Verbindung: »Hallo, Anna, ich bin's, Eliza … ja, ich bin die letzten beiden Stunden abgehauen, haben sie was gemerkt? … Ich ruf dich aus dem Zug an, bin jetzt irgendwo im Fichtelgebirge, glaub ich.« Sie nahm die Hand vor ihren Mund und sprach gedämpft weiter, und die Stimme des Mannes wurde lauter: »Du weißt, dass ich Barnes und seine Leute morgen im Interconti treffe. Die wollen Fakten sehen.« Eliza war jetzt aufgebracht: »Tu das bitte für mich! Sag einfach, dass ich bei dir übernachte … Es war schrecklich, viel schlimmer als letztes Mal … Was? Ja, ich fahr zu ihm … Keine Ahnung.« Von gegenüber klang es scharf: »Wir können uns keine weitere Verzögerung leisten!« Elizas Gesicht war inzwischen ganz unten, sie sprach in ihre Knie: »Danke, Anna, und du weißt ja, kein Wort zu niemand!«

Die Gespräche endeten fast gleichzeitig und beide sahen sich beim Abschalten ihrer Handys verstört an. Dann bemerkte Eliza: »Wir haben die gleichen Handys, sehen Sie?«

Der Mann sagte, ja, tatsächlich, klappte seinen Laptop zu und stand auf. »Ich gehe noch einen Kaffee trinken, wollen Sie mitkommen?«

Eliza folgte ihm in den Speisewagen, Bobby in der Hand. Sie bestellte eine Hühnersuppe, er trank ein Bier, zündete sich eine Zigarette an und nahm einen tiefen Zug, und dann, wie ertappt, ob es sie störe, wenn er rauche, und sie schüttelte den Kopf.

»Sie heißen Eliza?«

»Wieso?«

»Das hab ich halt mitgekriegt«, erwiderte er und streckte ihr seine Hand hin: »Mein Name ist André.«

»André«, wiederholte Eliza und schüttelte seine Hand. »Angenehm! Sie können mich ruhig duzen.«

Aber dann auf Gegenseitigkeit, meinte André, ob sie auch nach Berlin fahre. Eliza sagte ja, was er denn auf seinem Laptop ausgerechnet habe. Was sie glaube, wollte er wissen. Mathematik, riet sie, das sei ihr Lieblingsfach, nein, dann vielleicht Aktien, auch falsch, lachte er, und Eliza überlegte, Computerspezialist?

»So was Ähnliches«, antwortete er, »jetzt rate ich mal, wie alt du bist. Ich tippe auf siebzehn?«

»Stimmt, aber ich werde dieses Jahr achtzehn.« Dann fragte sie: »Hast du auch Kinder?«

André blies den Rauch seiner Zigarette an die Decke, dafür hätte er nie Zeit gehabt, und sah sie an. »Besuchst du jemand in Berlin?«

Eliza nickte. Sie war mit ihrer Suppe fertig, lehnte sich zurück und starrte auf ihren Teller.

»Irgendwas nicht in Ordnung?«, fragte André.

Ob er ein Tempo hätte, bat sie und schnäuzte, ach, nichts, in die Serviette, die er ihr reichte. André drückte seine Zigarette im Aschenbecher aus.

»Wir hatten Streit, meine Mutter und ich«, begann Eliza zögernd,

»sie will wieder heiraten und ich kann diesen Typen nicht ausstehen. Sie bekommt ein Kind von ihm – mit neununddreißig!«

André fragte: »Wo willst du denn jetzt hin?«

Eliza sah ihn an: »Zu meinem Vater.«

»Und weiß dein Vater, dass du kommst?«

Eliza schüttelte den Kopf, als plötzlich der Zug mit lautem Quietschen anhielt und sie aus dem Fenster in eine große Bahnhofshalle schaute. Türen gingen auf, Menschen mit Koffern und Aktentaschen liefen herum, und dann sah sie das Schild: Leipzig. Eliza fröstelte, und André rief den Kellner herbei, um zu zahlen, und auf dem Weg zum Abteil klingelte sein Telefon.

»Hallo Schatz«, sagte er zu seinem Handy, »alles in Ordnung … Eine Überraschung? … Nein, ich bleibe heute im Interconti, die Amerikaner kommen morgen sehr früh, das hab ich dir doch gesagt … Ja, wenn du willst …« Er fuhr sich durch die Haare, auch das noch, stöhnte er und schaltete sein Handy aus. Eine ältere Frau und ein junger Mann waren zugestiegen, und wenig später kam der Schaffner herein, Fahrscheine bitte.

Eliza nahm die ICE-Zeitung vom Haken und blätterte darin herum. André schaute konzentriert mit halb geschlossenen Augen aus dem Fenster. Die Aussicht war trübe, das schwache Tageslicht wich bereits der winterlichen Dämmerung. Der Zug hielt jetzt öfter, der junge Mann, der ein Buch gelesen hatte, stieg zuerst aus, dann ging auch die Frau. Im Abteil waren die Lichter angegangen.

André räusperte sich. »Hör mal, wenn ich dir irgendwie helfen kann«, sagte er dann zu Eliza, »ich meine, wenn du irgendwie Hilfe brauchst.«

»Das ist sehr nett«, sagte Eliza, »aber ich glaube nicht.«

»Aber weißt du denn, ob dein Vater da ist?«

»Warum soll er nicht da sein? Er hat eine Firma.«

»Na ja, er kann ja geschäftlich unterwegs sein. Er weiß doch gar nicht, dass du kommst, hast du gesagt.«

»Ich hab ihm einen Brief geschrieben, an die Firma.«

»Hast du ihm geschrieben, dass du von zu Hause abhaust?«

»Nein, natürlich nicht. Das wusste ich doch selber nicht. Ich wollte schon lange zu ihm.«

»Hat er denn geantwortet?«

»Hat er denn geantwortet!«, wiederholte Eliza heftig. »Er kann mir gar nicht schreiben, weil er wahrscheinlich weiß, dass meine Mutter dann ausgeflippt wäre. Sie will keinen Kontakt mehr zu ihm, und ich soll auch keinen haben. Meine Mutter will überhaupt nicht über meinen Vater reden, und wenn, dann redet sie nur schlecht von ihm.«

André sagte nichts, und nach einer Weile: »Aber du bist sicher, dass er dich sehen will?«

»Ja klar!«, lächelte Eliza und nahm ihren Teddybär. »Der ist übrigens von ihm. Als ich noch klein war.« Sie hielt ihr Telefon an Bobbys Ohr. »Er wartet auf seinen Anruf«, lachte sie, und André sagte Entschuldigung und ging hinaus. Eliza sah auf die Uhr, es war schon halb sechs, die Zeit verging wie im Flug, bald würden sie in Berlin ankommen.

Die Lichter der Großstadt huschten bereits am Fenster vorbei, in den Gängen bewegten sich die Leute mit ihrem Gepäck. André kam zurück, und während er seinen Laptop einpackte und einen kleinen Koffer vom Gepäcknetz herunterholte, meinte er: »Ich muss mich beeilen. Wenn du Schwierigkeiten hast, ruf mich an!«, und schrieb seine Nummer auf einen Zettel. Dann hielt er ihr einen 50-Euro-Schein hin und sagte: »Kannst du sicher gebrauchen.«

Eliza wollte protestieren, sagte dann doch: »Vielen Dank!«, und: »Ja, vielleicht.«

Der Zug war langsam in den hell erleuchteten Bahnhof eingefahren und zum Stillstand gekommen. Eliza schob sich in die Menge der Leute, die zu den Türen drängten. Draußen sah sie André noch einmal, wie er von einer blonden Frau in die Arme genommen wurde, beobachtete, wie sie beim Hinausgehen miteinander diskutierten. Sie stand da und überlegte, fühlte in ihrer Manteltasche nach dem Geldschein und ging ins Bahnhofscafé, bestellte einen Tee und griff nach ihrem Handy. Er wird jetzt nicht da sein, dachte sie, aber ich kann eine Nachricht hinterlassen, ich kann ihn morgen treffen, morgen ist Freitag, er wird sich Zeit nehmen, und schlug die Seite in ihrem Notizbuch auf, wo die Nummer der Firma stand, und drückte auf die Tasten, aber es reagierte nicht. Sie fluchte, aber auch beim dritten Mal zeigte das Display nur *falsche Pin* an, und dann dämmerte ihr, es war Andrés Handy, die gleiche Marke, sie mussten es verwechselt haben. Eliza versuchte logisch zu denken, mein Handy ist angeschaltet bei ihm, sein Handy ausgeschaltet bei mir, aber es nützte nichts. Erst später, in der Bahnhofs-Telefonzelle, fiel ihr ein, dass sie übers Festnetz ihr eigenes Handy anwählen könnte, aber was, wenn er vielleicht im Theater sitzt oder im Konzert oder wo immer die Überraschung seiner Blondine stattfand, und sie wollte ihn jetzt nicht stören. Stattdessen wählte sie die Nummer der Firma und hörte den Anrufbeantworter der Medac GmbH, sie riefe außerhalb der Geschäftszeiten an und möchte bitte eine Nummer hinterlassen – aber die ist bei André, überlegte Eliza –, während sie sie trotzdem auf Band sprach, und weiter, sie möchte Herrn Mariak erreichen, es sei privat und dringend und ihr Name sei Eliza, Herr Mariak wisse Bescheid.

Sie verließ den Bahnhof und ging zum Taxistand, sagte, bitte zur nächsten Jugendherberge, und stieg vorne ein, und während der Fahrt änderte sie plötzlich ihre Meinung: »Ich möchte doch lieber ins Interconti.« Der Taxifahrer schaute sie fragend an, und Eliza nickte ihm entschieden zu.

Im Hotel setzte sie sich in einen Sessel nahe dem Eingang, bestellte ein Wasser, beobachtete eine japanische Reisegruppe in der Hotel-Lobby, achtete auf das Kommen und Gehen von Geschäftsleuten und wartete, bestellte noch ein Wasser, ging zur Toilette, setzte sich wieder hin, und dann kam einer von der Rezeption und fragte, ob er ihr helfen könne.

»Ich warte auf meinen Vater«, log Eliza, »er hat ein Zimmer hier.«

»Wie ist denn der Name bitte?«, fragte der Livrierte, und Eliza wurde rot, André, stammelte sie, sie wusste seinen Nachnamen nicht und überlegte fieberhaft, dann fiel ihr Barnes ein, das hatte er doch zu Georg gesagt, die Amerikaner, die er morgen treffen wollte, und der Mann von der Rezeption forderte sie auf, ihm zu folgen, schaute in seinen Computer und sagte: »Barnes, hier ist er, Barnes Ltd., drei Herren aus New York, sind schon eingetroffen. Mr. Barnes ist auf Zimmer 320, soll ich ihn anrufen?«

Eliza zögerte, dann sagte sie: »Okay! Sagen Sie ihm, es ist eine Überraschung.«

Jetzt ist sowieso alles zu spät, dachte sie, als sie wieder in ihrem Sessel saß und auf Mr. Barnes wartete. Dann sah sie einen Herrn zur Rezeption gehen und mit dem Rezeptionisten sprechen, der auf sie zeigte, und sah Mr. Barnes auf sie zukommen, mit unschlüssigem Gesichtsausdruck, und sie stand auf und sagte: »Excuse me!«

Er fragte: »Do we know each other?«, und sie stotterte: »My name is Eliza. I came on the train, with André. He has my telephone.«

Mr. Barnes schaute ein bisschen hilflos, *a misunderstanding?,* was Eliza schulterzuckend bestätigte und dann erklärte, dass sie auf André warte.

Das täte er auch, meinte Mr. Barnes. »I am John«, sagte er, »nice to meet you«, und sie könnten ja zusammen warten, in der Bar? John gab an der Rezeption Bescheid, bestellte in der Bar zwei *Strawberry Daiquiris* und sagte, *cheers,* er hätte gar nicht gewusst, dass André eine so hübsche Tochter habe, und Eliza musste lachen und fragte ihn, was er denn für Geschäfte mache.

»Medical instruments, high-tech programs for medical instruments«, erklärte John. André und er seien Partner, schon seit vielen Jahren, und jetzt sollte es eine Fusion geben zwischen der Medac GmbH und der Barnes Ltd.

»Medac?«, fragte Eliza. »Die Berliner Firma?«

»Of course«, sagte John, ob sie noch einen Daiquiri wolle, und Eliza schaute ihn nur mit weit aufgerissenen Augen an, als John rief: »Oh, here he comes«, und André und seiner blonden Begleiterin entgegenlief.

Er habe nicht erwartet, ihn schon heute Abend zu treffen, sagte André zu John, die beiden begrüßten sich herzlich und John küsste die blonde Freundin auf die Wange, dann grinste er zu André, da wäre noch eine *surprise* für ihn, und führte ihn an die Bar, zu Eliza.

»Wie es aussieht, bist du mir zuvorgekommen«, sagte André zu Eliza, und Eliza fummelte in ihrer Tasche nach dem Handy, während die blonde Frau sagte: »Darf ich mal wissen, was hier gespielt wird?«

John lachte: »What a coincidence«, und André stellte vor: »Das ist Eliza, das Mädchen aus dem Zug!«

Eliza sagte: »Hier ist dein Handy, gibst du mir meins?«, und die Blonde wurde wütend: »Das wird ja immer peinlicher, erst dieser komische Anruf aus dem Zug, dann hast du keine Zeit, dann klingelt dein Telefon mitten im Konzert, dass du rausrennst, und jetzt präsentierst du mir dieses Mädchen!«

»His daughter!«, platzte John dazwischen, und André und Eliza starrten ihn an, und dann fauchte die Blonde: »Mir reicht's!«, drehte sich um und ging.

»Did I say something wrong?«, fragte John, und André und Eliza schüttelten den Kopf, mussten plötzlich lachen, und John lachte auch, immer heftiger, und sie schüttelten sich vor Lachen, bis ihnen die Tränen kamen.

John sagte: »I don't know what's so funny, but it's funny«, und bestellte eine Flasche Champagner. Sie setzten sich an den Tisch, erhoben ihre Gläser und tranken darauf, dass sie sich getroffen hatten, früher als erwartet, sie stießen auf die *coincidence* an und auf die Firma, und zuletzt kamen sie auf die Handy-Verwechslung zu sprechen und Eliza fragte André: »Wann hast du es bemerkt?«

»Geahnt habe ich es schon vorher«, antwortete André, »aber sicher war ich mir erst, als der Anruf kam.«

John fragte: »And who called you in the middle of the concert?«

André schaute zu Eliza, dann zu John, dann wieder zu Eliza und sagte: »It was your mother.«

Eliza starrte für einen Moment auf ihre Hände, dann erhob sie sich, lächelte und ging zur Bar, wo ihre Tasche noch stand. Als sie zurückkam, hatte sie Bobby in der Hand: »Fast hätte ich ihn vergessen. Er gehört ja auch zu uns.«

»One-way wind, one-way wind.« Die Worte wurden undeutlich und gingen in Summen über. Michael atmete erleichtert auf. Seit Dortmund saß ihm diese Hippiefrau gegenüber und sang oder summte 70er-Jahre-Schnulzen, kaum übertönt vom Sirren des Intercitys.

Jetzt fehlt nur noch »San Francisco«.

Als hätte sie seine Gedanken gelesen, stimmte sie Scott McKenzies Superhit an. Michael räusperte sich, sofort strahlte sie ihn an. Ihre Zähne schimmerten gelblich, als würde sie rauchen. Seit sie in Dortmund zugestiegen war, versuchte sie jede seiner Lebensäußerungen zum Anlass zu nehmen, mit ihm ins Gespräch zu kommen. Bisher konnte er ihr ausweichen. Michael schaute aus dem Fenster, immer noch rauschte der Zug an rußigen Häuserfassaden vorbei. Aber wenn er vermeiden wollte, der Hippiefrau in die Augen zu schauen, war dies noch die beste Aussicht. Neben ihr an der Tür zum Gang saß ein älterer Herr und schlief mit offenem Mund. Ein Speichelfaden zog sich aus seinem Mundwinkel zum Kinn, und immer wenn Michael dachte, der Mann wäre tot, weil sein Teint eine graue Farbe annahm, grunzte er laut, schmatzte und schnappte nach Luft. Auf dem Fensterplatz neben der Hippiefrau saß ein Mädchen. Ihre Haare standen in alle Richtungen ab und glänzten grellrot wie lackiert. Der Knopf eines Walkmans steckte in ihrem Ohr und das leise Wummern der Bässe umgab sie wie eine Glocke. Ihr Kopf lehnte an der Abteilwand und mit ihren blau angemalten Lippen produzierte sie Kaugummiblasen, die sich in der Scheibe spiegelten, wuchsen und schließlich zerplatzten. Eine Weile hatte er der alten Dame, die dem Mädchen gegenübersaß, beim Stricken zugeschaut. Aber die Bewegungen ihrer geschwollenen Finger zusammen mit dem Schwanken des Abteils verursachten ihm Übelkeit.

Michael schaute auf seine Hände. Diese hatten sich in den letzten Minuten auch nicht verändert. Kaum hob er wieder den Kopf, teilte ein Lächeln die Lippen der Hippiefrau, sie hörte sogar auf zu summen.

Mittlerweile war sie bei »It never rains in California« angelangt.

Michael hatte das Gefühl, in dem Abteil zu ersticken. Er stand auf. Die Zeitung rutschte von seinem Schoß und fiel zu Boden.

Die Hippiefrau bückte sich schneller als er, dabei fiel der Ausschnitt ihres Kaftans nach vorn und gab den Blick auf den dunklen Spalt zwischen ihren Brüsten frei. Sie reichte ihm die Zeitung.

»Bitte!« Sie schaute zu ihm auf wie ein gelehriger Cockerspaniel.

Der alte Mann grunzte.

»Danke.«

Michael warf die Zeitung auf seinen Sitzplatz und verließ das Abteil. Draußen lehnte er sich gegen die Scheibe, ihre Kühle durchdrang den dünnen Stoff seines Hemdes.

»Heiß da drinnen, nicht wahr?« Die Hippiefrau hatte die Schiebetür geöffnet und wedelte sich mit der Hand Luft zu. Sie stand jetzt direkt neben ihm und machte keine Anstalten, zurück ins Abteil zu gehen.

Wenn sie nicht sang, klang ihre Stimme angenehm: dunkel und ein bisschen kratzig.

Michael nickte. Sie roch nach Zimt, er hätte Patschuli erwartet. Bei jedem Schlingern des Zuges streifte ihn ihre Hand. Sie war einen Kopf kleiner als er, und wenn er zu ihr hinüberschaute, konnte er den Schatten zwischen ihren Brüsten sehen. Sie beugte sich vor und griff nach seiner Hand.

Die geht aber nicht schlecht ran. Michael fuhr mit dem Finger unter seinen Kragen.

»Interessanter Ring, den Sie da tragen.«

»Altes Erbstück.« Er entzog ihr die Hand, steckte die Hände in die Hosentaschen und versuchte an ihr vorbeizuschauen, aber sein Blick landete immer wieder im Ausschnitt ihres Kaftans. Er zog seine Hände aus den Hosentaschen. Sie hatten sich in den letzten Sekunden nicht verändert, und doch war jetzt alles anders. Sie wollte es so.

»Wollen wir einen Kaffee zusammen trinken?«

Jetzt erwiderte er ihr Lächeln. »Gern.«

Sie schmiegte sich an ihn, als er ihren Arm nahm. Ihre Haare rochen nach Tabak.

»Nach Ihnen.« Michael öffnete ihr die Tür zum Speisewagen. Nur wenige Tische waren besetzt.

»Nehmen wir einen Fenstertisch?« Sie lachte laut. Ein älteres Paar schaute hoch und dann schnell wieder auf seine Kuchenteller.

Michael hielt das Lächeln in seinem Gesicht fest.

»Wie heißen Sie eigentlich?« Mehr brauchte er nicht zu fragen. Ihre Lippen öffneten sich wie die Schleusen eines Staudamms, um ihm ihre Lebensgeschichte zu erzählen. »Isabella. Na ja, eigentlich heiße ich Klara. Aber nach meiner Scheidung hatte ich das Gefühl …«

Michael verschloss seine Ohren und ließ sich vom Klang ihrer Stimme davontragen. Als sie endlich Luft holte, hatte er ihren Namen wieder vergessen. Aber es war nicht wichtig. Er nahm ihre Hand in seine, dabei strich er mit dem Daumen über die feuchte Innenfläche. Sie überließ ihm die Hand. Michael schaute ihr in die Augen, sie lächelte. Langsam schob er sein Knie zwischen ihre Beine, sie schnappte nach Luft und rutschte etwas tiefer. Im Rhythmus des Zuges rieb sich sein Oberschenkel gegen ihre Schenkel. Seine Finger wanderten über die Innenseite ihrer Unterarme, sie schloss die Augen und schnappte in kurzen Zügen nach Luft. Sie war schneller bereit, als er gedacht hatte.

»Komm.« Er zog sie hoch und schob sie an den Tischen vorbei. Er mochte dieses Gefühl, gegen die Fahrtrichtung zu gehen – vorwärts und doch zurück, oder umgekehrt. Der Zug fuhr über eine Weiche und die Hippiefrau stolperte. Sie stützte sich auf dem Tisch des älteren Pärchens ab, das immer noch in seinem Streuselkuchen stocherte.

Der Mann wich zurück, als sich ihr Dekolleté vor seine Nase schob.

»Können Sie nicht aufpassen?«

»Entschuldigung.«

Michael zog die Hippiefrau weiter. Sein Schwanz schmerzte in der Enge der Unterhose. Als sie vor der verschlossenen Behindertentoilette warteten, drückte Michael sich gegen den Hintern der Hippiefrau. Mit den Fingerspitzen fuhr er ihre Hüftknochen nach, rauf und runter. Immer wenn seine Finger nach unten wanderten, stockte ihr Atem und sie drückte sich gegen ihn. Endlich wurde die Tür aufgeschoben. Heraus kam das Kaugummimädchen. Ihren flachen Bauch zierte ein Nabelpiercing. Für einen Moment stellte sich Michael vor, diesen Bauch zu streicheln und nicht den weichen, der unter seinen Fingern nachgab. Er löste sich von der Hippiefrau und schaute den Gang entlang. Niemand war zu sehen.

»Komm.«

»Du klingst wie ein Wolf.« Sie kicherte wieder und wackelte mit dem Hintern.

Kaum hatte er die Tür verriegelt, drückte er sie gegen den Waschtisch, küsste sie, umspielte mit der Zunge ihre Zähne. Sie schmeckte tatsächlich nach kaltem Rauch.

»He, du gehst aber ran.« Sie war jetzt zu atemlos, um zu kichern. Er legte seine Hände auf ihre Schultern und drückte sie in die Knie. Zuerst leistete sie Widerstand, aber dann gab sie nach. Er griff in ihr hennarotes Haar. Wickelte es um seine Hand. Ihr Kopf folgte dem Zug seiner Hand. Er sah ihr in die Augen. Wieder so eine Hure. Dann schlug er zu. Der Ring hinterließ einen breiten Striemen auf ihrem Wangenknochen.

Mit der freien Hand zog er das Springmesser aus seiner Hosentasche. Der Griff schmiegte sich in seine Hand, es war ein gutes Gefühl. Ein leichter Druck mit dem Daumen und die Klinge schoss heraus.

»Was soll das?« Sie griff nach seinem Arm und versuchte dem Messer auszuweichen, doch die Schneide folgte jeder ihrer Bewegungen. Er war erstaunt über ihre Kraft. Jemand polterte von außen gegen die verschlossene Tür.

»Sei still, oder ich schneide dir die Kehle durch.«

Wieder ruckelte jemand an der Tür, klopfte dagegen.

»Ich bin noch nicht fertig!« Michael grinste. Wie wahr. Er verstärkte den Druck seines Armes, die Klinge näherte sich ihrer Kehle. Das Blut würde im Schatten zwischen ihren Brüsten versickern. Schweißperlen liefen über ihr Gesicht. Er konnte sehen, dass sie sich ganz auf seinen Arm mit dem Messer konzentrierte. Ihre Fingernägel zerfetzten die Haut an seinem Handgelenk. Aber das war ein Schmerz, den er kannte.

»Hol ihn raus.« Sein Schwanz zitterte. »Komm«, lockte er sie wie ein ängstliches Kätzchen. »Dann passiert dir auch nichts.«

Der Zug fuhr durch einen Tunnel. Die Luft zischte am Waggon vorbei, das Licht wurde grau.

»Jetzt!«, rief die Frau. Der Klang ihrer Stimme kam ihm falsch vor.

Er spürte den Luftzug, bevor er die offene Tür im Spiegel sah und den Mann, der die Pistole in beiden Händen hielt und auf ihn richtete. Es war der Typ aus dem Speisewagen. Breitbeinig stand er in der Tür und pendelte die Bewegungen des Zuges mit seinem Oberkörper aus. Michaels Arme zitterten, die Hippiefrau stieß seine Hand weg, das Messer fiel klirrend zu Boden.

»Eine Bewegung, und du bist ein toter Mann.« Der Blick des Polizisten begegnete ihm im Spiegel.

»Beine breit und vorbeugen.« Die Hippiefrau trat hinter Michael und drückte ihn gegen den Waschtisch. Bei jedem Schlingern des Zuges verstärkte sich der Druck ihres Beckens.

»Mein Gott, Alex, du blutest ja.« Die ältere Frau im Schneiderkostüm drängte sich an ihrem Kollegen vorbei und zog Handschellen aus ihrer Handtasche.

»Tja, unser Freund ist schneller zur Sache gekommen, als ich dachte. Dafür seid ihr langsamer gewesen.«

»Überlass ihn mir.«

Die Handschellen schlossen sich um seine Handgelenke. Die Frau zog ihn vom Waschtisch zurück, er strauchelte.

Die Hippiefrau beugte sich vor und fuhr mit dem Zeigefinger über ihre Wange.

»Scheiße, das gibt bestimmt eine Narbe.«

»Glaub ich nicht, Alexandra.«

»Schaut mal eben weg.«

Die Hippiefrau stellte sich nah vor ihn, griff nach seinen Schultern und zog das Knie hoch. Er klappte zusammen und keuchte.

Alexandra, wie passend. Die Verteidigerin.

Der Lautsprecher knackte. »Meine Damen und Herren, in Kürze erreichen wir Frankfurt-Hauptbahnhof. Anschlusszüge fahren auf den Gleisen …«

»Wieso?« Michael richtete sich auf und schaute der Hippiefrau in die Augen.

»Die Letzte hat überlebt. Schöner Ring übrigens. Sie hat ihn sehr genau beschrieben.«

Als ihn die Polizisten in den Gang schoben, hörte er die Hippiefrau summen.

»Find a coast of freedom.«

Kathrin Elfman: Was Bahnfahren mit Telepathie zu tun hat

Der gemusterte Pullover hat ihn verraten.

Unmotivierte anthrazitfarbene Kringel auf hellgrauer Wolle. Was ich erzählen will, ist ein paar Jahre her. Trotzdem erinnere ich mich an jedes Detail. Ich schwöre Ihnen, Sie würden auch keine Minute von dem vergessen, was an diesem Morgen passiert ist. Aber der Reihe nach.

Männer in roten Anoraks mit Musterpullis drunter sind meistens verheiratet. Nur Ehefrauen schenken solche Pullis. Freundinnen schenken Männern Dinge, die sexy machen. Designerunterhosen, Parfum, einen schicken Gürtel. Aber nervös gekringelte Wollpullis absorbieren jede maskuline Ausstrahlung. Und das ist Absicht. Von den Ehefrauen, meine ich. Diese Geschenke haben nichts mit Liebe zu tun, auch nicht mit schlechtem Geschmack. Sie sind eine Art Code, der signalisiert: Finger weg von meinem Mann.

Ich habe mir abgewöhnt, auf diese Sorte Männer zu achten. Sie deprimieren einen. Besonders, wenn sie so hinreißend aussehen wie der, von dem ich erzählen möchte.

Es war kalt an diesem Oktobermorgen und der Bahnhof bevölkert mit Menschen auf dem Weg zur Arbeit. Eigentlich hatte ich vorgehabt, von Hamburg nach Frankfurt zu fliegen. Dummerweise wird seit gestern auf den Flughäfen gestreikt.

Die rote Jacke mit dem Musterpulli drunter wäre sogar einem Farbenblinden aufgefallen. Natürlich starre ich nicht hin. Ein Seitenblick reicht. Jacke, Reisetasche, Ehering (aha!), Gesicht. Hier komme ich ins Schleudern. Denn zu dem unmöglichen Outfit gehört ein Gesicht, das ich eher in Kalifornien vermuten würde. Von mir aus auch in New York oder Paris. Ein internationales Gesicht. Keine Spur von provinzieller Jungenhaftigkeit. Ein internationales Gesicht, klingt arrogant. Das Gegenteil von uninternational. Sie wissen schon, was ich meine. Man sieht es manchmal bei Leuten, die aus Deutschland auswandern. Schon ein Jahr später sind sie kaum wiederzuerkennen. Das Lächeln entkrampft, aus den Augen strahlt etwas. Jedenfalls, so ein Mann steht dort auf dem Bahnsteig.

Nun gibt es für das Verhalten auf Bahnhöfen gewisse Spielregeln. Man lässt den Blick schweifen oder liest Zeitung. Freundlich, aber anonym. Keinesfalls darf man Reisende mit Blicken durchbohren. Aber er guckt.

Mit diesem merkwürdigen Ausdruck. Nicht etwa, dass er meinen Blick gespürt und sich zu mir umgedreht hätte. Nein, er ist es, der mich beobachtet, bevor ich ihn überhaupt entdecke.

In meinem Kopf taucht ein Gedanke auf, eine Erklärung dafür, warum mir dieses Gesicht so vertraut ist. Doch bevor ich ihn zu Ende denken kann, ist er weg. Vermutlich schüchtern. Der Gedanke, nicht der Mann.

Endlich fährt der verspätete Zug ein, und der Lärm zerkleinert unseren ohnehin schon winzigen magischen Moment in nicht mehr spürbare Fragmente. Die Tauben werden sie fressen und das Dach damit voll scheißen.

Ich habe Glück und erwische den einzigen freien Platz im Nichtraucherabteil zwischen einem schlafenden Schüler und einem zeitungslesenden Rentner. Ich setze mich, vertiefe mich in die neue Titanic und will nicht mehr über Kerle nachdenken, die so eindringlich gucken.

So kriege ich nur halb mit, wie der Schüler zum Verlassen des Sitzplatzes aufgefordert wird. Von jemandem mit Reservierung. Vielleicht hätte ich den Reservierungsmenschen ignorieren sollen? Hätte. Hab ich aber nicht.

Es gibt keine Zufälle. Ich reiße mich zusammen. Unverbindliches Lächeln, neutrales Platznehmen, Stille. Wenn auch nur akustisch.

Von links, er hat den Fensterplatz und sitzt noch keine zwei Minuten, also von links kommen merkwürdige … ja, was eigentlich? Schwingungen? Klingt zu esoterisch. Vielleicht Impulse, Signale. Und das, wo ich noch nicht mal einen Kaffee hatte. Ich möchte den Typ fragen, bist du es, den ich da höre, spüre, der in meinem Kopf randaliert? Natürlich lasse ich es. Weil man das nicht macht.

Er kaut Kaugummi und schaut aus dem Fenster, als gäbe es dort mächtig Aufregendes zu sehen. Doch wir fahren durch die langweiligste Landschaft der Welt, und ich bin wieder einmal froh, hier nur zu Besuch zu sein. Außer der schnurgeraden Deichlinie ist nichts zu sehen. Dahinter beginnt das Meer. Ohne die fünfzehn Meter hohe Konstruktion aus Sand, Gras und Beton stünde dieser Landstrich unter Wasser. Was mir im Augenblick egal ist.

Ich hasse Kaugummi und warte auf ein Zeichen. Warum warten Frauen auf Zeichen? Genetischer Defekt. Ich setze mich dekorativer hin. Telepathie ist eine unsichere Angelegenheit, Beine in schwarzen Strumpfhosen wesentlich zuverlässiger. Doch der Mann starrt den Deich an, als wolle er den armen Sandhaufen hypnotisieren. Und da ist es wieder. *Komm mit.*
  Ich spüre, wie etwas nach meinen Gedanken tastet, sich in meinem Bewusstsein festsetzt und häuslich einrichtet. *Komm mit.* Kein Zeichen, sondern eine Botschaft. *Frag nicht, lass uns gehen. Ich habe nach dir gesucht, komm mit.*

Dieses letzte »Komm mit« jagt mir einen Schauer über den Rücken. Wie kann jemand so gleichgültig aus dem Fenster starren und dabei unüberhörbare Botschaften senden? Warum drehen sich nicht alle nach uns um? Die Fenster müssten beschlagen, die Schiebetüren aus den Halterungen springen. Nichts passiert. Nur die Fahrkartenkontrolleuse kommt vorbei. Sie gehört nicht dorthin, wo wir inzwischen sind.

Ein Deich, ein großer brauner Hund. Sein Hund.

Hierher passt die rote Jacke. Auch der Musterpulli. Wir gehen nebeneinander her, die Deichkrone ist gerade breit genug. Keiner sagt ein Wort. Wäre sowieso ungesund bei der Kälte.

Aber wir erzählen unsere Lebensgeschichten, tauschen eine Bilderflut mit der Entstehungsgeschwindigkeit von Gedanken. Jugendfotos, auch damals gab es einen braunen Hund. Eltern. Wie Eltern eben aussehen. Tanzschule, Schulabschluss, das erste Auto. Ich muss lachen, er sieht einfach süß aus, so unglaublich stolz vor dem schwarzen Audi 80. Wehrdienst. Studium. Literatur und Physik.

Interessiert mich. Und auch wieder nicht. In meinen Büchern gelten andere Gesetze. Dass ich sie schreibe, weiß er längst. Kennt meine Theorie vom Weltmodell mit den konzentrischen Kreisen, was unmöglich sein kann, weil ich sie bisher nur zwei Menschen erzählt habe. Er sieht mich am Computer, im Auto, im Garten. Schaut mir im Synchronstudio dabei zu, wie ich einem dicken Pinguin die Stimme leihe. Und immer weiter. Verstehen, erkennen.

Wir offenbaren uns, auf eine aberwitzige, wundervolle Weise. Bis mich ein fieser Geistesblitz aus diesem Wunder reißt. Mein Verstand beginnt, wichtigtuerische Fragen zu stellen, mit denen er alles zerstört. Den Deich, den Hund und den Mann neben mir.

Er kaut Kaugummi und guckt aus dem Fenster. Wie gehabt. Seine Wangen sind etwas gerötet. Deichwanderung mit Hund, Telepathie mit diesem Fremden? Absurd, völlig lachhaft, diagnostiziert der Teil meines Hirns, der für logische Zusammenhänge zuständig ist.

Ich greife nach dem Faltblatt. Ihr Fahrplaner, Sie wissen schon. Lese und vergesse es im gleichen Moment. Aber es sieht irgendwie souverän aus. Eine Frau, die weiß, wohin sie will. Haha. Als ich den rotweißen Wisch zurückstecken will, kommt mir eine männliche Hand in die Quere. Seine Hand. Er sagt nicht »Darf ich« oder »Verzeihung«, er nimmt mir nur das Blatt weg. Schaut mich an, ganz kurz. Und wir sind wieder auf dem Deich.

Es windet immer noch. Mir fällt auf, dass kein Horizont da ist. Keine Sonne, keine Wolken. Egal. Er ist bei mir. Irgendwie ist meine Hand in seine geraten. Also kein körperloser Geist, denke ich.

Etwas großes Weißes rückt in unser Blickfeld. Eine Mauer, die aus dem Deich ragt und knapp zwanzig Meter ins Meer hineinreicht. Warum das Teil hier rumsteht, weiß ich nicht. Ein Wellenbrecher vielleicht oder ein Programmierfehler. Noch ein Einwurf meines Logiksektors, nur für den Fall. Jedenfalls kommt man nicht dran vorbei, zumindest nicht bei Flut.

Als wir stehen bleiben, fange ich an zu frieren.

Er lässt meine Hand los und nimmt mich in seine Arme. Er ist nicht viel größer als ich. Und die rote Jacke weicher, als sie aussieht. Ich atme den Duft, der von seiner Halsbeuge ausgeht. Frisch geduscht. Dass Männer an dieser Stelle so unglaublich zarte Haut haben können. Mir wird schwindlig. Weil es keinen Gedanken gibt, den ich vor ihm geheim halten könnte. Und umgekehrt.

Während ich noch darüber nachdenke, was das bedeuten könnte, öffnet er den Reißverschluss seiner Jacke und wickelt mich in den schlafsackähnlichen Stoff. Eigentlich müsste ich mich wie eine Roulade fühlen, aber die rote Jacke ist groß genug.

Unter dem unmöglichen Pulli spüre ich Muskeln. Kein Bodybuilding-Typ, eher Segeln. Autorennen vielleicht. Er ist stark, sehr stark. Seine Hände, die da über meine Haare streichen und unter meinen Pullover, könnten ohne Schaufel einen Garten umgraben. Oder jemanden töten. Dass bei diesem Gedanken wieder eine Gänsehaut auf meinen Armen entsteht, liegt am eisigen Wind. Bestimmt. Ich verabschiede mich vom letzten Rest Zurückhaltung. Keine Zeit für Spielchen.

Sein Mund schmeckt nach nichts. Nicht mal nach Kaugummi.

Ich bin in seiner Jacke gefangen, in dem molligen Kokon, allein mit seinem Körper. Der sich unmissverständlich gegen mich presst. Meine Wünsche. Seine Wünsche. Wo ist der Unterschied?

Unsere Fantasien werden in dem Moment wahr, in dem wir sie erfinden. Diesmal sind sie nicht die Währung, mit der wir Erfüllung einsamer Sehnsucht voneinander kaufen, kein forderndes Fühlen mit der Bitte um Antwort, die doch nie so sein wird, wie wir es uns wünschen. Diesmal nicht.

Diesmal gibt es nur die zielstrebige Zärtlichkeit seiner Hände, die nicht suchen, sondern finden, und den Arm um meine Taille, der mich hält, als meine Knie nachgeben wollen. Und den Duft nach frisch geduscht, der stärker wird.

Hinter mir spüre ich die glatte weiße Mauer. Irgendwie hat er es geschafft, meinen Wollrock hochzuschieben, ohne meine Strumpfhose zu zerreißen. Überhaupt hat er viele Talente. Ich frage mich noch, wie er es fertig gebracht hat, seine Hose zu öffnen und mich festzuhalten, ohne dabei völlig dämlich auszusehen. Aber dann interessiert es mich nicht mehr. Das Meer neben uns hätte sich unbemerkt in Schokoladeneis verwandeln können.

Nervtötendes Quietschen von Metall auf Metall. Dies ist ein außerplanmäßiger Halt, bitte steigen Sie nicht aus, fleht ein unsichtbarer Mensch am anderen Ende der Lautsprecheranlage. Hätte er sich sparen können. Natürlich springt niemand aus dem Zug. Anderthalb Meter über der Erde, in tiefgefrorene scharfkantige Steine. Wieder ein Gedanke, der nicht von mir ist. Das mit den anderthalb Metern. Er kommt von links. Rote Jacke und so weiter. Und noch etwas. Ein Abschied. Wovon?

Ich hänge meine Tasche über die Schulter, stehe auf und kämpfe gegen den Drang, mich umzudrehen. Schließlich ist nichts passiert, denke ich und versuche das Gefühl in meinem Nacken zu ignorieren.

Es muss sein Blick sein, den ich da spüre, sanft wie eines dieser drei-hundert Mark teuren Seidentücher. Er steht hinter mir. Und plötzlich lacht er. Tief, klingend und so leise, dass nur ich es hören kann. Er wagt es zu lachen!

Da stehe ich eingekeilt zwischen aussteigenden Menschen und werde wütend. Warum lacht er? Könnte er nicht was Nettes sagen, wie schö-nen Tag noch? Was zivilisierte Menschen eben so zu Sitznachbarn sagen. Aber da kommt nichts. Nur dieses Lachen, von sehr weit her. Dann ist es weg. Vergangenheit.

Erst als ich über die blanken Fliesen der Bahnhofshalle gehe, regist-riere ich das merkwürdige Knirschen und bleibe stehen. An meinen Schuhsohlen klebt Sand.

Seesand.

Ich war seit Wochen nicht am Strand. Und ich könnte schwören, dass ich die Stiefel gestern Abend blitzblank geputzt habe.

Jutta von Frankenberg und Proschlitz: Unterwegs 2088

6:00:00 Uhr

Jeden Morgen um die gleiche Zeit sitzt ein Reisender auf dem gleichen Platz am Fenster. Jeden Morgen um die gleiche Zeit ist er frei zu denken, was er will. Heute zum Beispiel denkt er an gestern.

6:00:02 Uhr

Verehrte Fahrgäste, nächste Anfahrt des Zielbahnhofs B12/1 in 22 Sekunden. Sie haben Umsteigemöglichkeit in alle D-Bahnen, die innerhalb der Planbereiche A4, A9 und T12 fahren. Zugang zu den Helikoptertransfer-Förderbändern nur mit gültigem Ausweis für Level 1. Bitte denken Sie an Ihr Gepäck. Wir wünschen eine angenehme Weiterfahrt.

6:00:06 Uhr

Wenn der Reisende heute an gestern denkt, fällt die Reaktivierung schwer. Gespeichert hat er Sequenzen: zehn hoch minus drei Sekunden nach dem Urknall. Die Zeit danach. Das Universum und seine Planeten. Schöpfung und Leben. Die Entwicklung der Australopithecinen und ihrer Nachfahren. Der Mensch und die Geburt der Vorstellung durch das Wort. Die Quantenphysik. Die Reproduktion. Das Ende räumlicher Orientierung. Die n-te Dimension.

6:00:10 Uhr

Verehrte Fahrgäste, unsere Bordrestaurants in den Klassen 1, 2 und 3 haben durchgehend geöffnet. Nächste Anfahrt des Zielbahnhofs B12/1 in 14 Sekunden.

6:00:11 Uhr

Der Reisende erinnert sich. Er hat Räume besucht und verlassen. Orte gefunden und verloren. Das menschliche Wort durch differenzierte Zahlenfolgen ersetzt. Sein Vokabular der komplexen Banalität angepasst und schließlich den Zusammenbruch gemeiner Vorstellungen erlebt.

6:00:14 Uhr

Der Reisende erinnert sich an die Dynamik des Zufalls. Zivilisation wurde zu einem System, das sich selbst zerstörte. Kunst, Mythos und Religion verschwanden. Hoffnung und Harmonie waren nicht länger menschliche Bedürfnisse. Eine Minderheit überlebte die Symbiose aus Chaos und Leere. Die Mehrheit erkrankte oder starb an der Abwesenheit von Illusion.

6:00:18 Uhr

Nächste Anfahrt des Zielbahnhofs B12/1 in 6 Sekunden. Aussteigende halten ihre Identifikationsnummer für Level 1 bereit. Vielen Dank für Ihre Kooperation.

6:00:19 Uhr

Scheinwerfer erhellen die Dunkelheit. Der Reisende sieht aus dem Fenster. Seine Erinnerung verblasst. Er weiß, dass gestern nicht heute ist, und verabschiedet sich von der Vergangenheit. Seine Gegenwart beginnt in Planquadrat B12, Level 1, unter einer Betontrasse.

6:00:21 Uhr

Die Stille ist bewohnt. Auf dem Bahnsteig stehen Menschen, Maschinen und individualisierte Klone. Gemeinsam warten sie auf ihr Transportmittel. Gemeinsam suchen sie Schutz vor ihrer Umwelt. Schutz vor Kälte und Wind. Schutz vor atomarer Strahlung. Schutz vor umherfliegendem kosmischen Abfall. Schutz vor Einsamkeit in kollektiver Missachtung.

6:00:24 Uhr

Verehrte Fahrgäste, wir erreichen Zielbahnhof B12/1. Aussteigende begeben sich bitte zügig zum Identifikationsterminal. Unser multimediales Sicherheitssystem erwartet Sie. Das D-Team verabschiedet sich von Ihnen und wünscht einen erfolgreichen Tag.

6:00:26 Uhr

Ein Signal, grünes Licht. Türen öffnen. Die Zusteigenden werden erfasst. Kenndaten werden herausgefiltert, geprüft und verglichen. Der Rechner dokumentiert die Ausnahme. Jemand hat die Verkehrsmittelbeförderungsgesetze ignoriert und bekommt eine negative Rückmeldung. Er muss aussteigen.

6:00:30 Uhr

Eine Kamera überwacht. Sorgfältig verstauen die Fahrgäste ihr Gepäck und warten auf das Signal zur Weiterfahrt. Endlich. Grünes Licht. Türen schließen.

6:00:35 Uhr

Verehrte Fahrgäste. Nächste Anfahrt des Zielbahnhofs B12/2 in 175 Sekunden. Passagiere ohne Legitimation für Level 2 werden aufgefordert, die Bahnanlage an der nächsten Station zu verlassen. Vielen Dank für Ihre Kooperation. Wir wünschen eine angenehme Weiterfahrt.

6:00:37 Uhr

Der Reisende registriert Momentaufnahmen seiner Gegenwart. Individualisierte Klone, Menschen und Maschinen haben Platz genommen. Jeden Morgen, um die gleiche Zeit, vertreiben sie sich ihre Zeit mit Wortspielen.

»Wie lautet unser aktueller Diskussionsbegriff?«, fragt ein Klon.

»Arbeit«, antwortet ein anderer.

»Ja«, lacht ein Dritter, »Arbeit ist einfach. Ich schlage vor, Arbeit bleibt ein Begriff mit Beratungsfunktion.«

»Fehler«, mischt sich das mobile System vom Typ 01-010/10-001 ein, »Arbeit ist ein zentraler Identifikationspunkt. Ohne Identifikation kein Bezug. Ohne Bezug keine Orientierung, ohne Orientierung keine Perspektive.«

»Korrekt«, bestätigt eine synthetische Erscheinung vom Typ 23A.

»Woher wissen Sie das?«, fragen die Klone.

»Meine Aufgabe liegt auf dem Gebiet begrifflicher Wiederverwertung. Der Zusammenhang von recycelbaren Informationen des Stammhirns und diskursiver Lernfähigkeit ist Teil meines Forschungsprojekts«, antwortet 01-010/10-001.

»Multilinguales Funktionssystem«, flüstert ein Klon abfällig.

»Sei still, analytisch denkender Proband«, sagt der Mensch.

»Wie bitte«, wehrt sich der Klon, »mit 51,9 Prozent menschlichem Anteil bleibe ich berechenbar.«

»Technisch aufbereiteter Idiot!«

»Fehler«, stellt 01-010/10-001 mit Blick auf den Menschen fest, »Sie haben kein Recht. Ihre genetische Ausstattung ist mangelhaft. Sie zeichnet sich durch begrenzte Lernfähigkeit aus.«

»Tatsächlich?«

»Korrekt«, bestätigt 23A, »die menschliche Spezies ist im Unterschied zu analytisch denkenden Eliten definiert. Sie entwickeln keine Strategien. Sie arbeiten an der Basis.«

»Wenn überhaupt«, witzelt ein Klon.

»Und«, fragt der Mensch, »zählt das nicht?«

»Nein«, antwortet 01-010/10-001.

»Es geht um die Maximierung von Produktivität«, sagt ein Klon.

»Ja«, sagt ein anderer, »das Verhältnis von Raum, Zeit und Produktivität definiert die Arbeitswelt.«

»Sieben Menschen teilen sich einen Arbeitsplatz«, lacht der Dritte.

»Fehler«, korrigiert 01-010/10-001, »der Mensch lebt allein von der Idee. Realität spielt keine Rolle. In Zukunft wird die Vorstellung von Arbeit genügen, um Menschen zu beschäftigen.«

»Ja, das schafft Integration«, stimmen die Klone zu.

»Korrekt«, wiederholt 23A, »allein die Vorstellung, die Vision, das Wort und die Idee sind entscheidend.«

»Eine neue Illusion wird das bevorstehende Massensterben verhindern«, freut sich der Klon.

»Wie lautet die Lösung?«, will der Mensch wissen.

»Das Problem und seine Lösung lautet: ›Arbeit ja, Plätze nein‹«, erklärt 01-010/10-001.

»Ein wunderbarer Slogan«, loben die Klone.

»Korrekt«, ergänzt 23A, »das ist die Lösung, die organisiert sein will.«

Die Klone diskutieren die Möglichkeit.

Der Mensch schweigt.

6:02:40 Uhr.

Nächste Anfahrt des Zielbahnhofs B12/2 in 50 Sekunden. Ein Shuttle-Service zu den Startrampen CX3 und CX4 steht für Passagiere mit Legitimation für Level 2 bereit.

6:02:41 Uhr

Der Reisende verlässt seinen Sitzplatz, um zu frühstücken. Sein Platz bleibt leer, denn er hat über den hauseigenen Immobilienmakler der Verkehrsbetriebe reserviert. Sein Mietvertrag bleibt für das gesamte Kalenderjahr gültig.

6:02:55 Uhr

Nächste Anfahrt des Zielbahnhofs B12/2 in 35 Sekunden. Nicht autorisierte Passagiere müssen die Bahnanlage verlassen. Vielen Dank für Ihre Kooperation. Bitte denken Sie an Ihr Gepäck. Wir wünschen eine angenehme Weiterfahrt.

6:02:57 Uhr

Im Bordrestaurant steht ein Mensch. Er hat Probleme bei der Zusammenstellung seiner Nahrung. Ein Angestellter der Verkehrsbetriebe hilft und erläutert die Wirkstoffe. Der Klon des Menschen kichert. Der Mensch entscheidet sich für das standardisierte Sonderangebot. Eine Maschine nimmt die Bestellung entgegen. Der Reisende wählt ein Vitamin-Kombinationspräparat, das er in Wasser auflöst.

»Worüber denken Sie nach?«, fragt der Mensch.

»Über das Problem und seine Lösung«, antwortet der Reisende.

»Ein Slogan?«

»Ja.«

»Möchten Sie Ihr Tageshoroskop wissen?«, fragt der Mensch.

»Warum nicht?«

Der Mensch freut sich, wenn er liest: »Für Reisende beginnt eine neue Ära. Ihre Erinnerung wird sterben, denn die Zeiten ändern sich. Sie haben nie etwas anderes getan. Gestern, heute, morgen. Es ist das Einzige, was bleibt. Haben Sie Vertrauen, denn Sie werden vergessen, dass es so ist.«

»Ich werde vergessen?«

»Sie werden«, sagt der Mensch ruhig und legt seine Sauerstoffmaske an.

6:03:30 Uhr

Verehrte Fahrgäste, wir erreichen Zielbahnhof B12/2. Aussteigende begeben sich bitte zügig zum Identifikationsterminal. Unser multimediales Sicherheitssystem erwartet Sie. Das D-Team verabschiedet sich von Ihnen und wünscht einen erfolgreichen Tag.

6:03:32 Uhr

Gemeinsam warten die Passagiere auf ein Signal. Kurz darauf erscheint das grüne Licht. Türen öffnen.

»Wiedersehen«, ruft der Mensch beim Aussteigen, aber der Reisende ist längst verschwunden.

6:03:34 Uhr

Jeden Morgen um die gleiche Zeit sitzt ein Reisender auf dem gleichen Platz am Fenster. Jeden Morgen um die gleiche Zeit ist er frei zu denken, was er will. Heute zum Beispiel denkt er an gestern. In Zukunft wird er sich das abgewöhnen müssen.

Barbara Friedrich: Abgeleckt

Sie sitzen im ICE 579 nach Stuttgart und schweigen. Hamburg liegt erst eine halbe Stunde hinter ihnen, da kramt Klaus schon das Proviantpaket aus seiner Reisetasche und breitet den Inhalt auf dem Tisch aus: Äpfel aus dem Alten Land, Brote mit Schinken, und aus einer Tüte, Trudis Nase versucht erfolglos auszuweichen, riecht es nach Räucherfisch. Und das ist sicher längst nicht alles. Seine Mutter hat ihn mal wieder reichlich versorgt. Dieses Duftgemisch aus den Tüten! Trudi kämpft gegen einen Brechreiz. Vierzig Jahre üppige Kochtopfliebe, denkt sie verdrossen, kein Wunder, dass er so aussieht.

Vor einem halben Jahr noch verhießen ihr seine Rundungen Schutz vor den harten Stößen des Lebens. Ach, damals, denkt sie, als sei das Jahre her. Gerade neununddreißig war sie und sehnsuchtsgeplagt. Und dann kochte auch noch eine Rilke-Erinnerung hoch: *Wer jetzt allein ist, wird es lange bleiben ...* Schatten auf Sonnenuhren – ja, Scheiße! Gegen diese Anfälle herbstlicher Trübseligkeit hat ihr jemand einen Insel-Cluburlaub empfohlen, Fuerte oder so, alles inklusive. Duzen ist Programm, die Rechts-links-Anschmatzerei sowieso. Trudi hasste das Zwangsranschmeißen, aber was soll's, immerhin hat sie dort Klaus kennen gelernt. Klaus mit dem unglaublichen Nachnamen »Kügelgen«. Und ein Kügelchen ist er auch. Vielmehr eine Kugel. Kugel-Klaus mit rustikalem Charme und einem Mehr-als-drei-Tage-Bart, von dem er behauptet, er knistere beim Knutschen bis in die Weichteile. Dass sie eines Abends seiner Einladung folgte, seine Tätowierungen anzusehen, muss man wohl zu gleichen Teilen ihrer Bedürftigkeit wie der reichlichen Sonneneinwirkung zuschreiben.

Mit dem Lebensmotto »fett statt fit« inszenierte sich Klaus als ruhender Pol. Eine Zeit lang wärmte Trudi sich an der Illusion, jemandem anzugehören. Was sich jedoch im Urlaub sanft und weich ihrem umfassenden Trostbedürfnis entgegengewölbt hatte, ist jetzt nur noch der Schwabbel eines Riesenkindes. Wülste sieht sie. Speckbeulen. Dabei ist ihr alles Fett zuwider. Sie muss spucken, wenn sie eine Fritteuse riecht oder an Schmalz denkt. In den letzten Wochen hat sich ihr Widerwille in Ekel verwandelt.

Aus seiner Reisetasche holt Klaus ein Edelholzkästchen und legt es vor sich auf den Tisch. Ach nee, denkt Trudi und verdreht die Augen, nicht schon wieder, aber da klappt er schon den Deckel hoch, seine Augen leuchten, und mit den Fingerspitzen fährt er über die Klinge seines geliebten Messers. Damaststahl mit dreiundsiebzig Lagen, er hat ihr mal erklärt, wie so etwas geschmiedet wird. Elastische Klinge, schnitthaltig und superelegant mit einem Griff aus Ebenholz. Das ist Trudi egal, sie mag das Messer nicht.

Klaus legt eine Vespertüte auf ein DB-mobil-Heft, holt einen Apfel heraus, legt ihn auf die Tüte. Sorgsam halbiert er den Apfel, viertelt ihn, schneidet das Kerngehäuse aus, halbiert die Viertel, piekt ein Stück mit der Messerspitze auf und schiebt es sich in den Mund. Er kaut, schluckt, sein Adamsapfel sieht aus wie ein Tier, das in der Speiseröhre ruckelt, und schon fährt das nächste aufgespießte Apfelstück heran. Trudi starrt aus dem Fenster. Bloß nicht zusehen, wie er isst! Sie hasst diese Messerfresserei. Überhaupt: Was ihr auf der Insel als Ungezwungenheit gefallen hatte, entbehrte auf dem Festland rasch aller Leichtigkeit. Es schüttelt Trudi, wenn Klaus nach jedem Schluck Bier – hoppala! – aufstößt. Wenn er sein Brot bestrichen hat, erst mit Butter und dann dick mit Leberwurst, pflegt er langsam und genussvoll das Messer abzulecken. Warum denn auch nicht, wenn er zu Hause ist! Und bitte, wo, wenn nicht da, kann er abhängen und sich ein kleines bisschen gehen lassen! Leider fühlt er sich überall zu Hause. Außerdem ist sein Messer *das* Messer schlechthin, wichtigstes Utensil früher Pfadfinderjahre, Begleiter durch die Wildnis seiner Pubertät, Sicherheitsversprechen und Überlebensgarantie. Wenn du dir nun in die Zunge schneidest, hat Trudi einmal gesagt. Wenn du sie längelang aufschlitzt? »Dann hab ich Blutwurst«, hat Klaus gegrinst, und Trudi ist ein Schauder über den Rücken gerieselt.

Sie atmet tief ein, zählt dabei eins – zwei – drei, atmet aus, eins – zwei – drei, verordnet sich Langsamkeit, während draußen die Landschaft vorbeifliegt, herbstliches Restgrün, matschige Felder. Noch einmal eins – zwei – drei und wieder und wieder, bis es ruhiger wird in ihr, während Klaus' Zähne Apfelstücke zermahlen und Trudis Kopf leer wird. Sie schläft ein, und noch im Schlaf atmet sie, eins – zwei – drei, atmet und zählt sich hinaus aus der Wirklichkeit dieses Abteils, dieser Fahrt.

In Hannover öffnet sie die Augen und muss sich orientieren: der Bahnhof. Bewegung. Rufen, Schieben. Neben sich spürt sie Klaus' Bewegungen, spürt, wie er herumsäbelt, und riecht Geräuchertes. Bloß nicht hingucken, denkt sie. Als Kind ist ihr vom Schinkenspeck in der Erbsensuppe schlecht geworden. Sie wehrt sich gegen die aufsteigende Übelkeit. Schließlich dämmert sie weg, schreckt aber jedes Mal hoch, wenn ihr Kopf gegen Klaus' Schulter sackt. Unruhig schläft sie bis Kassel.

Jetzt riecht es nach hart gekochten Eiern, die Schalen liegen noch auf dem Tisch, auch das Messer liegt da, schimmernd und sauber geleckt. Sie setzt sich bequemer hin. Bemüht, Klaus nicht zu berühren, driftet sie in einen Traum, Jahre zurück. Sieht sich, wie sie Ostereier sammelt, ein Körbchen voll, einen ganzen Wäschekorb, niemals wird sie das alles aufessen können, sie ist schon mehr als satt, hat das Gefühl, bald zu platzen …

Frankfurt. Vielleicht hat das Bremsen sie aufgeschreckt oder die Lautsprecherdurchsagen auf dem Bahnhof oder die Reisenden, die durch den Gang an ihr vorbeidrängeln. Benommen reckt sie Arme und Beine, gähnt, und da meldet sich wieder dieser Brechreiz. Butterkuchengeruch steigt ihr in die Nase: Hefeteig, lauwarme Butter und Vanille. Klaus schneidet, zerteilt, sticht hinein, schiebt in den Mund, kaut, wischt mit dem Handrücken die Lippen ab, die Hand an der Hose. Nicht hingucken, denkt Trudi und sehnt sich zurück in den Dämmer ihres Schlafs. Vergeblich. Auch ohne hinzusehen weiß sie, dass er das Messer in den Mund schiebt, es zwischen den aufeinander gepressten Lippen wieder herauszieht und abschließend sorgsam die Klinge mit der Zunge blank leckt. Ihr Magen revoltiert. Dieses Messer! Endlich setzt sich der Zug mit Rucken und Quietschen wieder in Bewegung.

Bis Frankfurt war ihr Waggon der erste hinter der Lokomotive, jetzt ist er der letzte. Sie beide sitzen ganz hinten fast allein im Abteil. In Stuttgart werden wir den längsten Weg haben, bis wir endlich aus dem Bahnhof sind, denkt sie, alle anderen sind vor uns. Aber Hauptsache, die Fahrt hat überhaupt ein Ende. Ein Streifchen Hoffnung.

Tatsächlich vergeht eine Weile ohne Essen, und erleichtert atmet Trudi auf. Zu früh: Klaus wickelt eine Scheibe Brot aus, streicht das Einwickelpapier glatt und legt das Brot darauf. Aus einer anderen Tüte zieht er ein Stück Räucheraal. Mit der Klingenspitze piekt Klaus in die fettglänzende Haut, schlitzt sie auf, hebt sie an, zieht sie ab. Endlich zerteilt er das Stück, spießt es auf die Klinge, er öffnet den Mund, schiebt das Stück hinein, kaut, schluckt.

Jetzt hat er ihren Blick aufgefangen. Er wiegt das Messer in der Hand, das kostbare Stück, und deutet mit der freien Hand auf ihren Bauch. »Wenn der Kleine erst groß ist, kriegt er mein Messer.« Beinahe feierlich sagt er das. Nie, schwört sich Trudi, nie im Leben! Sowieso wird es ein Mädchen. Ihre Tochter braucht kein Messer mit ergonomischem Griff und elf Zentimeter langer Klinge. Ihre Tochter braucht eine Mutter, eine eng umschlungene Zwei-Einheit. Und Trudi braucht ein Zuhausegefühl, die Gewissheit, ohne Einschränkung geliebt zu sein und gebraucht zu werden. Niemand wird ihr dieses Endlich-Wichtig! streitig machen. Keiner wird Raum haben neben dem Kind, das ganz allein ihres sein wird.

Gut, dass sie ihre eigene Wohnung nicht aufgegeben hat. Heute Abend noch wird sie dorthin zurückgehen und ihr Kokonleben mit dem Kind in ihrem Bauch beginnen. Ohne das fette Ekelpaket. Die Leitung wird gekappt, kein Anschluss mehr. Sein Kind? Pah! Er hat eine Zelle dazugetan, soll ihm das irgendein Recht geben? Womöglich eine lebenslange Beteiligung sichern? Wegen nichts als einer einzigen Zelle? Lachhaft! Außerdem hat er schließlich seinen Spaß gehabt dabei, und Schluss. Jetzt ist sie dran, Trudi, und sie weiß, wie schön das wird, wenn das Mädchen erst auf der Welt ist. Mutter und Tochter.

Noch immer liegt Aal auf dem Papier. Nicht daran denken, wie man den fangen kann! Fettige Finger halten ein Stück Fisch fest, das Messer häutet und zerteilt. Klaus reckt sich vor, seine fettglänzenden Lippen schnalzen erwartungsvoll, öffnen sich, das Messer versenkt ein Fischstück im Mund, gleitet heraus. Die rosarote Zunge leckt über die schimmernde Klinge. Trudi starrt aus dem Fenster. Weil es draußen dunkel wird, sieht sie in der Scheibe das Abteil, sich selbst und Klaus, der die Hände an der Hose abwischt. Sie wünscht ihn weg, diesen Klops, den sie sich nicht als Vater ihres Kindes denken kann, raus aus ihrem Leben, in dem er ein paar Monate Herzensöfchen sein durfte, mehr gibt es nicht, sie will ihn ausradieren aus ihrer Erinnerung und überhaupt weg von der Erdoberfläche.

Der Zug nähert sich Stuttgart. War das nicht eben Kornwestheim? Die Reisenden haben sich erhoben, Koffer und Taschen zusammengesucht. Langsam und schwankend drängen sie zu den Türen, kein Zurück mehr, alles Denken vorausgerichtet auf Hauptbahnhof, Umsteigen oder auf den Weg zu ihrem Ziel. Auch Trudi stemmt sich aus ihrem Sitz hoch, balanciert auf wackeligen Füßen, reckt sich zu ihrem Gepäck hoch, das doch nicht mehr ist als ein größerer Beutel.

»Lass doch«, sagt Klaus, der mit seinem Aal noch immer nicht fertig ist. »Wir haben Zeit satt.« Draußen fliegt Zuffenhausen vorbei. Wer hat Zeit, denkt Trudi, *wir*? Einen Augenblick ist sie verwirrt. Das Baby und ich, das sind *wir*, denkt sie. *Wir* kommen an. Gleich wird sie Feuerbach erkennen.

Ihr Beutel ist klein. Viel hat sie nicht gebraucht für das eine Wochenende, und diese Koffer auf Rädern mag sie nicht, nichts Hartes, Sperriges. Sie mag alles, was sich leicht anpacken und herumschwingen lässt. Der Zug verlangsamt die Fahrt, quietscht, schwankt.

»Jetzt setz dich noch mal hin«, sagt Klaus. »Das ist doch nichts für meinen Sohn, das Gewackel!«

Sein Sohn? Trudi taumelt, die Hand oben an der Tasche, zögert, obgleich sie weiß, sie wird sich nicht setzen, fängt sich wieder, während der Zug sich dem Bahnhof nähert und vorn im Wagen das Gedränge vor den Türen verhalten ungeduldig wird. Klaus hebt das letzte Stück Aal zum Mund. Allmählich bremst der Zug ab. Klaus schiebt das Messer zwischen die Lippen.

Im Hochrecken spürt Trudi ein leises Ziehen im Bauch. Mein Baby, denkt sie. Meine Tochter. Nie wieder Einsamkeit. Morgen wird sie eine größere Wohnung suchen, ein Zuhause für sich und ihr Kind. Wir werden eine richtige Familie sein, denkt sie, nur das Kind und ich. Quietschen. Gleich wird der Zug halten. Entschlossen greift Trudi den Griff ihrer Tasche. Gepäcknetz hieß das früher, das Ding, wo man sein Zeug reinlegt. Wie es heute heißt, weiß sie nicht, heute ist sowieso alles anders. Sie zieht eine Spur herzhafter, als es nötig wäre. Nachthemd, Unterwäsche, eine Bluse, ein Pullover, Waschzeug, kleines Make-up-Zubehör, was man so braucht für ein Wochenende, nicht viel, aber ausreichend.

Klaus' Lippen haben sich sanft über der Klinge geschlossen, gleich wird er sie blank herausziehen, ein letztes Mal ablecken und dann wegstecken wollen. Bremsen. Rucken. »Stuttgart Hauptbahnhof … Sie haben Anschluss zum Zug nach …« Die Tasche vollführt einen zackigen kleinen Bogen abwärts. »'tschuldigung«, sagt sie in die Lautsprecheransage hinein und lässt ihre Tasche in Klaus' Nacken fallen. Nicht fest, aber mit genügendem Schwung. »Der Zug endet hier.«

Langsam verlässt sie ihn, überlässt ihn der Sorgfalt des Reinigungspersonals.

Katrin Hage: Hund, Katze, Maus

Wie gewöhnlich steht die U3 schon bereit. Ich wandere ein Stück den Bahnsteig hinunter, betaste irgendwo den Öffnungsmechanismus, nehme Platz in der erstbesten Vierergruppe. Pünktlich stapft von hinten der große Mann mit den Ledersohlen heftigen Schrittes den Mittelgang hinunter. Forsch und motiviert klingt er, aber immer auch etwas wütend. Zwei Stationen, dann umsteigen. Auf dem Gleis wartet wieder das damenhafte Mädchen, diesmal mit einem fetten Buch in der Hand, das ihr gar nicht steht. Die Bleiwüste vor ihren Augen verträgt sich nicht mit ihrer behänden Körperhaltung.

Das übliche Durcheinander in der S-Bahn legt sich erst, nachdem sich der morgendliche Brei aus Lufthansa-Personal, Security-Agenten, Mini-Jobbern und Reisenden am Flughafen aus den Waggons gedrückt hat. Die dicke Frau mit der bröckeligen Dauerwelle ist nicht zugestiegen. Vielleicht ist sie heute krank. Bestenfalls hat sie einen Tag Urlaub genommen, weil sie etwas Schönes vorhat.

Sie sind abstoßend.

Ich habe keine Lust, am Leben dieser Leute teilzuhaben. Ihre Gewohnheiten interessieren mich nicht. Im Gegenteil. Ich hasse den Typen aus dem dritten Wagen von vorne, den es immer an den gleichen Platz verschlägt, und auch seine hühnchenhaften, verdutzten Blicke, wenn sich mal jemand auf seinen Sitz verirrt haben sollte.

Ich ekle mich vor dem blauen, schlecht verarbeiteten Nylonrucksack des Studenten, in dem er seine Chemiebücher transportiert und den er immer auf dem ihm gegenüberliegenden Sitz penibel in Position bringt.

Und zu Tode bin ich genervt, wenn ich aus Versehen in den Waggon der beiden Freundinnen gerate, die ihren Pendlermorgen nutzen, ihre jeweiligen Badezimmer-Umbauarbeiten gründlich zu erörtern (Farbe der Kacheln, Vorteil einer indirekten Beleuchtung, Ausrichtung des

Spiegels im Bezug zur Tür) oder Traumhochzeits-Garderoben zu entwerfen. (Weiß oder blanc cassé? Sind Hochsteckfrisuren out? Schleppe muss sein!) Ätzender Alltag zwischen zwei westdeutschen Städten.

Resigniert sackt das Buch auf meinen Schoß, die nasse, blöde Landschaft zieht an meinen geschlossenen Augenlidern vorbei, irgendwo im Abteil der anonyme Versuch, ein defektes Oberlicht zu schließen. Klamm schrecke ich wieder auf, mein Atem hat die kalte Scheibe beschlagen und Fingerspuren voriger Fahrgäste sichtbar gemacht. Irgendjemand hat eine Blume gemalt. Wollte wohl niedlich sein. Ich wische sie mit dem Ärmel weg, hauche nochmals an die Scheibe und schreibe mit dem Zeigefinger BLUME auf das Zugfenster. Und schmiere aus einem plötzlichen Anflug guter Laune heraus zwei Möwen daneben – rund geschwungene Ms, wie sie auf Kinderzeichnungen immer in den Sonnenuntergang fliegen. Südbahnhof, hier darf ich endlich aussteigen.

Nächster Tag, die U3, der Mann, das Mädchen, die S-Bahn. Den Studenten umgehe ich, indem ich in den gleichen Waggon wie gestern steige, und auch die beiden Weiber vermeide ich gerade noch, weil ich mich geistesgegenwärtig nach rechts werfe, als ich sie im vorderen Teil des Wagens erspähe. Der Fensterplatz ganz hinten ist wieder frei.

Kaum sind wir aus den großstädtischen Tunnels aufgetaucht, hauche ich aus Spaß an die Scheibe, um zu sehen, ob meine gestrigen Schmierereien wieder auftauchen. Tun sie nicht. VÖGEL erscheint da stattdessen in Großbuchstaben. Daneben die Skizze eines Schweinekopfs mit lustigen Augen. FERKEL, schreibe ich, und rechts davon, weil ich mich freue, male ich das Haus vom Nikolaus.

Kurz nach dem Flughafen hole ich täglich meine Botschaft ab. Von Haus zu Torte, von Torte zu Segelboot, Hund, Katze, Maus und so weiter. Wenn mein Platz ausnahmsweise einmal besetzt ist, warte ich ergeben auf den nächsten Tag, um den Dialog wieder aufzunehmen. Doch das kommt selten vor. Die anderen Pendler haben sich schon daran gewöhnt, mich immer auf dem gleichen Sitz zu sehen, und finden das gar nicht sonderbar.

Vor meinem Urlaub male ich eine Insel mit einer Palme an die Scheibe.

VIEL SPASS, BIS BALD, lautet die Antwort am nächsten Tag.

Das ist das erste Mal, dass sich die Botschaft direkt an mich richtet, und ich bin freudig gerührt, ein irgendwie kitschiges Gefühl, das einen flockigen kleinen Kloß im Hals hinterlässt.

DANKE.

Mehr fällt mir nicht ein, was mich ärgert, und die aufregende Unruhe begleitet meine arbeitsfreien Tage, und ich versuche auch nicht, sie abzuschütteln.

HALLO?, frage ich am Morgen meiner Rückkehr.

HAB DICH VERMISST, lese ich am nächsten Tag, und warm wird mir, dass ich frage: WER BIST DU?

Schweigen. Keine Antwort, kein Zeichen, keine Mickymaus, kein Stück Torte, kein Hochhaus mit Antenne, kein Goldfisch. Tage vergehen.

Der alte Ekel hat sich wieder leicht in mir breit gemacht, außer dem mich jetzt nur ein Buch auf meinem Weg zur Arbeit begleitet und die Enttäuschung, wenn ich jeden Morgen nur meine eigene Botschaft vom Vortag wiederfinde.

WOLKE!

BILDERRAHMEN!

KOPFKISSEN!

Bis ich trotzig werde und weiter frage.

WIE ALT?

MANN ODER FRAU?
WOHIN FÄHRST DU?
Beschimpfungen verkneife ich mir.

Die Wochenenden, an denen sowieso nichts passieren kann, trösten mich nicht. In einem letzten Versuch male ich einen Schwarm fetter ???? auf die beschlagene Scheibe und steige aus.

LASS UNS SPIELEN, werde ich am nächsten Tag aufgefordert. Daneben ein Käsekästchen-Doppelkreuz, rechts oben mit einem Kreis versehen. Das Spiel hat mich schon immer gelangweilt, aber die Herausforderung anzunehmen, ist wohl meine einzige Chance.

Nach ein paar Wochen führe ich mit 3:5, und die neunte Partie wird unentschieden ausgehen, das ist abzusehen, da brauchen wir gar nicht weiterzuspielen. Tatsächlich ist das Doppelkreuz am nächsten Tag verschwunden.
    ICH HAB ANGST, lese ich.
    Der Morgen hinter der Fensterscheibe ist auch ohne meinen Atem etwas verschwommen und sehr sanft für diese Jahreszeit.
    Ich habe auch Angst, merke ich und schreibe es und verlasse den Zug. Eine alberne Furcht kommt mit, ich muss endlich aufhören mit dieser Spinnerei.

Sie hört von alleine auf.
    HILFE, lautet die letzte Botschaft, die ich finde, ein seltsam hastiger Schriftzug, der Mittelstrich des E etwas versetzt, als wäre der Finger abgeglitten.

Am nächsten Tag ist der Wagen gesperrt. Das kommt öfter vor, dass ein Waggon außer Betrieb ist, weil der Türmechanismus klemmt oder Witzbolde seine Innereien verwüstet haben. Entgeistert blicke ich auf das gläserne, leicht gekräuselte Spinnennetz, das sich an meinem S-Bahn-Fenster entlangzieht, so, als habe jemand mit aller Kraft dagegen geschlagen. Oder als sei ein Stein geflogen. Oder als habe jemand mit seinem Schädel durch die Scheibe gewollt.

Mir ist schlecht, Panik steigt hoch, und ich will sofort raus hier, an die Luft, ans Tageslicht.

Eine Zeit lang durchforste ich besessen alle Tageszeitungen, die Lokalteile der Städte, die auf meiner Strecke liegen. Ich suche einen Unfall, Zwischenfall, eine Schlagzeile, nur eine kleine, bitte. Keiner soll mich für verrückt halten, deshalb rufe ich nicht bei der Bahn an, nicht einmal, um mich anonym zu erkundigen. Ich gebe auf und fange stattdessen an, die Kfz-Seiten der Lokalblätter zu studieren.

Ich war noch nie zum Bahnfahren geschaffen, erinnere ich mich. In diesen geschlossenen Abteilen mit fremden Menschen habe ich mich noch nie wohl gefühlt. Es gibt so Leute. Ich bin so jemand. Also kaufe ich ein Auto. Ein neues, keinen Gebrauchtwagen. Ich möchte kein Auto mit Vergangenheit.

Hätte ich anders handeln sollen? Drinbleiben müssen in jenem Zug, an jenem Morgen, der mein Leben veränderte? Ich hastete wie üblich die Eichendielen hinunter, und wie jeden Morgen in diesem Sommer fiel die Haustür um fünf Uhr fünfzehn satt hinter mir ins Schloss. Die Nacht war noch kühl und atmete ein letztes Mal tief ein, bevor der August den Tag zum Glühen bringen würde. Die Stadt schlief noch, ihr urbaner Brustkorb hob und senkte sich ruhig, während ich die Straßen durcheilte und das Stakkato meiner Lederabsätze die Stille in kleine präzise Einheiten zerstückelte.

Ich ging zum Bahnhof, konzentriert, gleichmäßig, jeden Schritt kennend. Eine Zeit lang, zu Beginn meines neuen Jobs, war es mein unbedingter Ehrgeiz gewesen, die kürzeste Strecke auszuarbeiten, jeder Meter zählte und brachte mir ein paar Sekunden Zeitersparnis. Irgendwann hatte ich sie gefunden, die Ideallinie, und nun brauchte ich sie nur noch abzulaufen, abzuspulen, täglich, wöchentlich, sommers wie winters. Alles lief wie am Schnürchen. Der morgendliche Weg zum Bahnhof ebenso wie mein Leben.

How, do you think, you can suppose our company? What is the value for us, employing you?

My experience at the University of California in Berkeley and my broad knowledge of the American law give me the possibility to analyse facts from different points of view and to solve complex problems.

Die euphorische Sektlaune zusammen mit Jessica, als sie anriefen. Ich hatte es geschafft. Schon nach einer Woche die erste Ernüchterung, nur einer von Dutzenden in einer Legebatterie zu sein. Junganwälte werden verheizt, flüsterte mir jemand zu. Ich schüttelte irritiert den Kopf. Nach drei Jahren musst du es zum Partner geschafft haben, sonst tschüss.

Vor mir lag ein anstrengender Tag, eine anstrengende Woche, ein hartes Jahr. Die Verträge von Blohm & Voss stapelten sich auf den Tischen, ein Mammutwerk, das unserer Kanzlei zur rechtlichen Prüfung übergeben worden war. Das hieß: wieder kein Urlaub, wieder keinen Tag zusammen mit Jessica, die sich in dieser Zeit ohnehin von mir zurückgezogen hatte. Taylor and Wessing beriet die südafrikanische Regierung beim Kauf von vier deutschen Fregatten, und mir oblag es, die Konsortialverhältnisse der Zulieferer zu überprüfen. *Holt uns diesen Job,* hatte der Senior vor der Ausschreibung immer wieder gepredigt, *ich will diesen Job.* Er hatte ihn bekommen und mit ihm einen Haufen Arbeit. Zehnstundentage galten schon als halber Urlaub, Sonntage erkannte ich nur daran, dass die Sekretärin mir keinen Kaffee auf den Tisch stellte. Wer vor neun Uhr abends das Büro verließ, wurde scheel angesehen, und als ich es eines Tages wagte, eine Kollegin über Mittag zum Italiener einzuladen, und anderthalb Stunden mit ihr fortblieb, wurde ich umgehend zu einem Senior beordert. Man könne meine unverhältnismäßig kollegiale Art nicht dulden. Ob ich mir meiner Motivation noch sicher sei. Ich nickte, nickte, nickte und arbeitete härter als zuvor. Ein Jahreseinkommen von siebzigtausend war das beste Schweigemittel. Ich hatte ein Stillhalteabkommen mit mir selbst unterzeichnet.

Ich zahlte meinen *Coffee to go* und ein Croissant, klemmte mir die FAZ unter den Arm und stand zwei Minuten vor Zugeinfahrt am Bahnsteig. Ich stellte mich immer weit nach vorn, unter die Uhr, nein, nicht ganz unter die Uhr, sondern einen Meter neben sie, zwischen Uhr und Eisenträger, denn dann kam die Tür des ersten Waggons genau vor meiner Nase zu stehen und ich brauchte nur noch den Fuß auf die Stufe zu setzen, während die anderen hektisch die Wagenwand entlanghasteten. Ich hatte ein Abteil für mich allein. Gen Westen war der Himmel noch schwarz. Zur Linken aber hatte er sich schon tintenblau eingefärbt. In den Senken der Felder lagerte dichter Nebel, als überflöge der Zug eine dichte Wolkendecke, und kurze Zeit später erhob sich darüber blutrot und unförmig die Sonne, eine seltsam traumhafte Szenerie, auf die ich eine Zeit lang wie hypnotisiert starrte, bevor ich mich losriss und die Zeitung aufschlug. Ich vertiefte mich in den Teil *Natur und Wissenschaft,* den ich immer als Erstes las, denn diese Berichte von Galaxien und Neutrinos, Nanometern und Quarks, die eine Art Wahrheit versprachen, die ich in der Juristerei längst nicht mehr fand, faszinierten mich. Ich verschlang einen Text über die neusten Erkenntnisse in der Gehirnforschung. *Die Zahl der möglichen Verbindungen zwischen den Synapsen ist größer als die Zahl aller Atome im Weltall.* Mich erregten solche Sätze, weil sie mein Gehirn an seine Grenzen brachten, weil mein Denken an ihnen scheiterte, und das war ich nicht mehr gewohnt. *Jedes Mal, wenn ein Mensch stirbt, platzt ein Universum,* endete der Artikel.

Ich ließ die Zeitung auf meine Knie sinken und schaute aus dem Fenster auf das hüglige Land, die Sonne lichtete die Nebelfelder mit ihren Bajonettstrahlen und nur einige Wolkenfetzen waberten noch in den Senken. Welches Universum würde bei mir platzen, stürbe ich jetzt? Ein juristisches Universum mit diversen Auswüchsen zum internationalen Recht und Blasen hinein ins Wirtschaftsrecht. Ein unnützes Universum. Sie würden kaum aufmerken, wenn ich nicht zur Arbeit käme. Hundert andere standen bereit, motiviert bis zum Anschlag, um meine Aufgabe fortzusetzen. Ich war ersetzbar, weniger als das, ich war geduldet. Irgendwann während der letzten Jahre hatte ich den Einfluss auf mein Leben verloren, das wurde mir in diesem Moment mit der ganzen Wucht des Zurückblickens bewusst. Die Strommasten huschten wie Amplituden an mir vorbei, ich blickte auf die Landschaft: abgeerntete Felder, Wiesen, pittoreske Dörfer. Ich war angekommen. Bisher war noch immer alles Weg gewesen. Nun war ich ins Ziel eingelaufen. Mein Leben war genauso eingerichtet wie mein 150-Quadratmeter-Appartement, das ich mit Jessica bewohnte.

Um sechs Uhr dreiundzwanzig hielt der Zug. Es wurde unruhig auf dem Gang. Die Menschen drängelten hinein. Der Zug rollte wieder an. Ein Mann setzte sich zu mir ins Abteil. Er war ebenso stilvoll gekleidet wie ich. Anzug, Weste, hellblaues Hemd, rote Seidenkrawatte. Er lehnte seinen Kopf nach hinten und schloss die Augen. Meine Augen tasteten sein Gesicht ab, seine hohe Stirn, hinter der sich sein

Universum verbarg. Er war frisch rasiert. Seine Wangen waren leicht gerötet. Im Abteil verbreite sich ein flüchtiger Duft von Aftershave.

Plötzlich verlangsamte der Zug seine Fahrt, ruckelte, stotterte, bis er auf offener Strecke mit einem finalen Quietschen zum Stehen kam. Direkt neben den Gleisen, zum Greifen nah, begann der Wald. Ich hätte in das dichte Unterholz, das von den Nebelschwaden wie von weißem Klebstoff zusammengehalten wurde, hineingreifen können, so plastisch lag es vor mir. Stille. Ich sah hinaus und sah mich zugleich selbst. Wie durch einen halb durchlässigen Spiegel blickte ich in zwei Welten: den dunklen Wald und das gelb erleuchtete Abteil hinter mir. Je nachdem, wie ich meinen Blick fokussierte, sah ich mir selbst in die Augen oder hinaus auf die Baumstämme. Wie lang war ich nicht mehr im Wald gewesen? Lang, sehr lang. Mein Vater hatte mich jeden Herbst gepackt und war mit mir in den Wald gefahren. Er hatte die schärfsten Augen von allen, was Steinpilz und Marone, Butterpilz und Braunkappe anbelangte – nie fand ich auch nur annähernd so viel wie er. Wie oft hatte ich ihn aus den Augen verloren, mich ängstlich nach allen Richtungen umgeschaut und ihn plötzlich zwischen den Bäumen, als tauchte er aus dem Nichts auf, entdeckt. Dann rannte ich zu ihm über Stock und Stein und sein Korb quoll über vor duftenden, gelbschwammigen Pilzen, während ich mein Taschenmesser wieder einmal umsonst geschärft hatte.

Der Mann mir gegenüber erwachte mit einem zuckenden Schnarcher und schaute sich um. Die Lautsprecher über uns knisterten und knackten, dann folgte eine Durchsage. *Sehr geehrte Reisende, wegen Personenschaden verzögert sich die Ankunft des Zuges voraussichtlich um zwanzig bis dreißig Minuten. Wir bitten um Ihr Verständnis.* – Verdammt noch mal, fluchte mein Gegenüber. Ausgerechnet …! Er telefonierte kurz, schimpfte noch einmal und lehnte sich dann wieder zurück.

Jedes Mal, wenn ein Mensch stirbt, platzt ein Universum. Das ging mir nicht mehr aus dem Kopf. Meine Vergangenheit ist mein Universum, meine Kindheit gehört nur mir. Seither war etwas gestorben in mir, ich weiß nicht was, etwas war abgestorben, und ein Schmerz durchfuhr mich wie ein tiefer Riss, der Schmerz von verbrauchtem Leben. Unerträglich eng und stickig wurde es in dem Abteil, ich hielt es nicht mehr aus und stürzte hinaus auf den Gang, wo sich einige Fahrgäste versammelt hatten und sich in seltener Einigkeit gegen den Personenschädler zusammenschlossen, die Köpfe zusammensteckten und murmelten. Der Schaffner sprach beruhigende Worte, obwohl ihm selbst Schweißperlen auf der Stirn standen. Dann schloss er schnaufend und schwitzend eine der Außentüren mit seinem Vierkant auf und beugte sich, korpulent, wie er war, hinaus, sprang auf den Schotter und wackelte hektisch auf dem Nachbargleis zur Zugspitze. Von draußen drang der Wald mit den tausend Armen seiner Gerüche in das Abteil, mit Moos und verfaulter Rinde, mit Gras und Tau, und er packte mich. Die Menschen verstreuten sich wieder auf ihre Sitze, doch ich blieb stehen, mit der Stirn gegen die kalte Scheibe gelehnt, und atmete die frische Morgenluft, doch mir lag ein Gewicht auf der Brust; mein Atem war flach und schnell, ich hatte das Gefühl zu ersticken, dann stieß ich mich von der Scheibe ab, beugte mich hinaus, schaute die Trasse entlang und sprang hinunter. Mit einem Knirschen landete ich auf dem Schotter. Es war eine seltsame Perspektive von dort unten, mitten auf der Strecke, der Zug schien überdimensional groß, die Stufen zu hoch, um sie wieder zu erklimmen. Vorn neben der Lok debattierten der Schaffner und der Zugführer aufgeregt miteinander. Ich atmete tief ein. Die Schienen unter mir begannen zu zittern. Ich überquerte das Gleis, rutschte den Schotterhang hinunter und trat, Äste beiseite schiebend, in das Gehölz. Plötzlich stand ich einer anderen Welt gegenüber. Ich war umfangen vom feuchten Atem des Waldes, tastete mich ein paar Schritte hinein in dieses mythische Dickicht und lauschte dem Rumoren seiner Eingeweide, dem Unken und Hämmern, dem Knacken und Rascheln, dem Gurren und Raunen. Wie dicht solch verschiedene Welten nebeneinander liegen, ohne dass man jemals etwas davon bemerkt!

Ich ging weiter und verhaspelte mich in taunassen Spinnweben, die ich mir aus dem Gesicht wischte. Meine Budapester versanken tief im weichen Moos und das braune Rindsleder verfärbte sich dunkel. Es war schummrig, nach vorn verloren sich die Baumstämme im Nebel. Ich drehte mich um und durch die Äste blitzte ab und zu das Rot der Lok, dann stieg ich weiter über einen toten Ast, verhakte mich mit meinen Schnürsenkeln und stolperte. Ich landete im Moos und mit meinem Körper fiel eine Last von mir ab, als hätte ich bislang einen Eisenpanzer mit mir herumgetragen, und ich wurde plötzlich ganz leicht. Ein paar Augenblicke blieb ich so liegen, einfach im Moos, schaute in die Baumkronen und spürte die Feuchtigkeit und Kälte an meinem Körper. Dann rappelte ich mich wieder auf, zog meine Schuhe und Strümpfe aus und krempelte meine Hose hoch. In der Ferne rief ein Kauz, das Hämmern eines Spechtes hallte durch den ganzen Wald. Dumpf, wie unter Wasser, hörte ich, wie die Türen des Zuges zuschlugen und die Motoren der Lok hochgefahren wurden. Meine Aktentasche!, fuhr es mir durch den Kopf, doch im nächsten Moment war sie mir egal. Jetzt war es ohnehin zu spät. Ich stakte nach rechts durch das hohe Rispengras. Jeder Schritt federte und knackte im Untergrund, als liefe ich auf einem Luftpolster, als läge unter meinen Füßen eine Parallelwelt, von der ich nur durch eine hauchdünne Grasnarbe getrennt war. Was ich wohl für ein Bild abgab? Doch wer sollte mich hier sehen? Ein Banker stapft in aller Herrgottsfrühe durch den Wald. Man müsste mich für verrückt halten! Einen Moment hielt ich mich selbst für verrückt. Anstatt gleich mit einem Kaffee am Kirschholztisch im klimatisierten Besprechungszimmer von Taylor and Wessing zu sitzen und über den Blohm-Vertrag zu debattieren, irrte ich durch einen regennassen Wald. Die ersten wärmenden Sonnenstrahlen brachen durch das Blattwerk und schimmerten als grünbraune Lichtseen auf dem Boden. Es war, als sog ich mit jedem Atemzug neues Leben in mich ein, ich hatte schon jetzt, in diesen Minuten, mehr gelebt als in den Monaten zuvor.

Nach einiger Zeit stieß ich unvermittelt wieder auf die Bahngleise. Hier brannte die Sonne schon heiß nieder. Auf der anderen Seite stieg eine Wiese zu einem Hügel hin an. Ein Zug sirrte in einigen Metern Abstand an mir vorbei wie ein Pfeil, und einen winzigen Moment sah ich ein Männergesicht, schemenhaft mit weit aufgerissenen Augen, die mich fassungslos anstarrten. Personenschaden, dachte ich. Es fehlt nicht viel, nur ein Schritt. Ich könnte jetzt auch ein Personenschaden sein. Nein, ich *war* der Personenschaden, das wurde mir in diesem Moment klar. Der Schaden an meiner Person war immens, kaum mehr zu beheben. Von der Gegenseite rauschte ein ICE heran und riss mich fast mit sich. In seinem Sog schwankte ich hin und her, und als er vorbei war wie ein lauter Spuk, überquerte ich die Gleise. Die Betonschwellen unter meinen nackten Füßen waren rau, das Eisen der Schienen kalt. Ich stieg die Wiese hinan, der Tau färbte meine Armani-Hose dunkel, meine Füße waren nass und froren. Ich stieg immer weiter hinauf, bis ich am höchsten Punkt angelangt war und auf der anderen Seite in ein weites morgendliches Tal blickte. In meinem Rücken zuckelte eine Regionalbahn vorbei. Ich drehte mich um. Jetzt sahen mich alle. Auf der Wiese, die Hose hochgekrempelt, ein Paar edler Schuhe in der Hand. Ich lockerte meine Krawatte, öffnete mein schweißnasses Hemd und machte mich auf den Weg nach Hause.

Nicht jeder kann erzählen, das leuchtet ein. Schon gar nicht so, dass der Zuhörer still sitzt und höchstens einmal ein Nicken zustande bringt.

Das Zuhören scheint genauso schwer zu sein. Einen guten Zuhörer erkenne ich an der Geschichte des Erzählers, und der Junge ist ein guter Zuhörer.

Wenn ich um zwanzig vor vier in Kiel einsteige, sitzt er schon im Zug. Er mag dreizehn sein oder vierzehn, vielleicht ist er auch nur etwas größer als andere und ist erst zwölf. Die Haare sind zu lang, nicht bis auf die Schultern, aber nie sehe ich seine Ohren.

Die Schultasche, eine wie ich sie lange nicht gesehen habe, aus dunkelbraunem Leder, das über den Mittelgang bis zu mir hin riecht, steht schon unter dem Sitz, und wenn ich zu ihm hinüberlächle, hebt er den Kopf von seinem Comic, meist ein großformatiges, Asterix oder Lucky Luke oder ein anderes, das ich nicht kenne, und lächelt freundlich zurück. Dann senkt er den Kopf wieder, und ich sehe, wie die braunen Augen sich bewegen, den Wörtern folgen, während die Lippen sie nachformen, ihnen Gestalt geben und sie lebendig machen.

So lebendig, dass zu der winzig kleinen senkrechten Falte zwischen den buschigen Augenbrauen sich andere gesellen, die sich waagerecht über die Stirn ziehen, bis dahin, wo die Brauen in die Stirn auslaufen, immer dann, wenn es dramatisch wird und die Lippen sich schneller bewegen.

Und so lebendig, dass sich Fältchen an den Augen selbst zeigen, am äußeren Ende, ganz viele kleine, die sofort wieder verschwinden, wenn er sich mit der Zunge über die Oberlippe leckt. Das ist das Zeichen, dass es wieder ernst wird.

Ich sitze immer links vom Gang, in Fahrtrichtung, und er sitzt immer rechts, mir gegenüber. Meist haben wir die acht Sitze für uns, und ich kann ihn in Ruhe betrachten, bevor er in Husby aussteigt, eine Station früher als ich.

Wenn wir nicht alleine sind, setzen die Leute sich meist zu ihm. Es sind fast immer Alte, die sein freundliches Lächeln dankbar als Zeichen deuten, dass die Plätze um ihn herum noch frei sind.

Kaum sitzen sie da, haben den Koffer verstaut und die Handtasche sicher untergebracht, fangen sie schon an zu erzählen. Er lässt den Comic auf den Oberschenkel sinken, schaut sie an, lächelt, senkt den Kopf, hebt ihn wieder, nickt, wenn sie ihn etwas fragen, steckt das Heft in die braune Ledertasche, setzt dann die Füße auf die Sitzbank, legt die Wange auf die Knie, schließt die Augen und hört einfach nur noch zu.

So habe ich die Geschichte von der Mühle gehört, beinahe mit schlechtem Gewissen, weil mir war, als sei sie nur für ihn bestimmt gewesen. Die kleine Mühle, die kurz hinter dem Schlei-Übergang bei Lindaunis in den Blick des Reisenden gerät, wenn er links sitzt und im richtigen Moment den Kopf ein wenig nach hinten dreht.

Gesehen hatte ich sie wohl schon, aber ohne den Jungen hätte ich nie erfahren, dass sie einem Fabrikanten aus Hamburg gehört; gesehen, sich verliebt und die Mühle gekauft. Die Schwiegermutter des Mannes erzählt ihm die Geschichte, aus erster Hand, eingebettet in die Geschichte ihres Lebens.

Wie gemalt kommt der Junge mir da vor, mit dem Gesicht auf dem Knie und dem Blick an den Lippen der alten Frau.

Als sie vom Denkmalschutzamt erzählt, von eisernen Drehkränzen, eigens angefertigt und von einem Kran aufgesetzt, von Fenstern, die nicht passen, von immer mehr Schwierigkeiten mit den Behörden, wird die senkrechte Falte tiefer, doch beim Bericht von der Einweihungsparty mit dem Bürgermeister und den Enkeln, da tanzen die Lachfalten. Und als sie erzählt, wie der Landtagsabgeordnete nachher in den Mühlenteich fällt, da schlägt er die Hände vors Gesicht, so dramatisch erzählt sie das, doch zwischen seinen Fingern kann ich sehen, dass er trotzdem lacht.

Sie kommt von der Mosel, und nur die Mühle lässt sie die letzten Stunden ertragen, von Hamburg über Kiel nach Süderbarup. Als sie aussteigt, die Tochter wartet schon mit dem Enkel, dem Arzt aus Kiel, habe ich zwei Leben gehört, ihres und ein noch viel längeres, das der Mühle, deren Kranz sich jetzt wieder dreht, wenn nicht Touristen zur Miete in ihr wohnen.

Ich lächele den Jungen an, er lächelt zurück, lässt die Riemen an der Tasche aufschnappen und vertieft sich wieder in sein Heft. Dann steigt er auch schon aus, und mir bleiben noch wenige Minuten, bis auch ich zu Hause bin.

Auch die Geschichte von der Post in Flensburg, nach dem Krieg, kam so zu mir, erzählt von dem weißhaarigen Mann mit den roten Wangen und den geplatzten Äderchen auf der Nase.

Ganz flach war damals alles, sagt er, gar keine Hochhäuser, und erzählt, wie er Briefe ausgetragen hat und dann Briefträger eingeteilt, und wie stolz er war, dass er auch nach Jahren im Büro noch als Verteiler einspringen konnte, wenn einer krank wurde, und dass er trotzdem in der gleichen Zeit fertig wurde wie die Jungen.

Ich höre, wie die Hochhäuser wuchsen und die Kinder, wie die Häuser mehr wurden und die Kinder wieder gingen. Drei Jungen und zwei Mädchen, alle studiert. In Gettorf verschwindet das Heft des Jungen in der Ledertasche, und kurz vor Husby ist der Alte bei seinem Jüngsten, dem Rechtsanwalt, der ihn in Gettorf zum Bahnhof gebracht hat, eine Stunde zu früh, den letzten Zug gerade verpasst. Das ist so mit über achtzig, und dann gibt es ja die Gaststätte dort, sagt er und lutscht noch ein Pfefferminz.

Der Junge schüttelt den Kopf, er mag kein Pfefferminz. Diesmal steigt der Junge zuerst aus, und der Alte lehnt sich zurück, schließt schon mal die Knöpfe an der Weste, riecht in die hohle Hand hinein und nimmt noch einen Pfefferminz.

Er schaut mich an, aber mir bietet er keinen an. Als der Zug in Flensburg einläuft, geht mir immer noch dieses Leben durch den Kopf, die Post, die Hochhäuser und fünf studierte Kinder. Am Bahnhof wartet schon die Frau, zieht ihn am Ärmel zu sich hin, da nützt kein Pfefferminz.

Zehn Monate fahre ich die Strecke, stets sitzt der Junge schon da, wenn ich in den Zug komme, und fast immer lächele erst ich und dann er, jeden Tag von Montag bis Donnerstag.

Am Freitag fahre ich früher, und an den wenigen Freitagen, an denen ich Zeit habe, warte ich am Bahnhof auf ihn. Er schlendert durch das Haupttor, schaut sich die Auslagen der kleinen Läden an, beim Buchhändler nimmt er die neuesten Comics in die Hand, betrachtet sie, blättert die erste Seite auf, die Lippen bewegen sich, dann stellt er das Heft wieder zurück und geht zum Zug.

Ich warte dann noch einen Moment, trinke meinen Kaffee aus und steige ein, wenn die Zeit gekommen ist. Es mag Einbildung sein, aber ich glaube, sein Lächeln ist an diesen Freitagen noch eine Spur freundlicher und herzlicher.

Zehn Monate fahren wir beide so, ich in Fahrtrichtung links vom Gang, er mir gegenüber auf der anderen Seite. Und zehn Monate lang ist unser Lächeln alles, was wir miteinander zu tun haben. Ich bin kein Erzähler, und ihn höre ich niemals reden, nicht ein Wort, er ist ein Zuhörer.

Es ist auch ein Freitag, als ich kurz vor Husby meine Sachen zusammenpacke und aufstehe. Er sieht mich erstaunt an, aber er lächelt, und er lächelt auch noch, als ich auf dem Bahnsteig neben ihm stehe, Ausschau halte, ob da wer ist.

Dann kommt eine Frau auf uns zu, eine, die sich im Zug neben ihn setzen würde, grauhaarig, die Falten an den Augenwinkeln eingebrannt vom Lächeln und auf der Stirn von nicht so schönen Dingen, mit einer senkrechten Falte zwischen buschigen Brauen. Sie winkt und ihr Lächeln ist ein Gruß an mich, wie die weit ausholenden Gesten ein Gruß an den Jungen sind.

Ich nehme meinen Mut zusammen, reiche ihr die Hand und stelle mich vor. Sie kennt mich, sagt sie, Manuel hat ihr erzählt von dem Freund im Zug, der ihm jeden Tag gegenübersitzt, auf dem Heimweg von der Taubstummenschule.

Hinter dem Fenster fliegt die Nacht vorbei. Einen Augenblick ist mir, als könnte ich hoch über den Dingen schweben. Als könnte ich von oben auf uns herunterschauen. Was würde ich sehen? Einen Wurm, der auf seiner festgelegten Spur durch die nächtliche Landschaft gleitet?

Ehrlich gesagt, habe ich keine Ahnung, was dort draußen vorgeht. Ich habe auch kaum Erinnerungen an jenen Moment, als wir den Zug betraten. Es ist, als käme ich gerade erst zu mir, aus einem langen Schlaf herausgelöst, ins Jetzt zurückgeworfen. Denn die Unebenheiten der Gleise lassen unser Abteil erzittern, und ich muss mich an dem Gestänge halten, das mein schmales Bett begrenzt. Die vom Fahrtwind bewegten Vorhänge geben ein flatterndes Geräusch von sich. Ich richte mich leicht auf und taste nach der Metallleiter, die mich zurück auf den Boden führen könnte. Die Nachtzugmusik dringt durch das halb geöffnete Fenster, der rhythmisierende Gesang von Eisen, das über Eisen gleitet. Es ist bitterkalt.

Es klopft dort an der Tür. Einmal. Ich beginne zu schwitzen und taste nach dem Lichtschalter. Ich sollte blind vom Bett heruntersteigen und aufmachen. Es pocht zum zweiten Mal. Dann geht die Tür auf und ich blicke in den grellen Lichtkegel einer Taschenlampe. Erstarrt verharre ich vollkommen bewegungslos. Vielleicht eine Ewigkeit oder zwei. Dann wandert das Licht weg und es legt sich wieder Dunkelheit auf mich. Ich höre fremde Stimmen, die ganz nahe sind. Dann – es geht ganz schnell – drängen sich die Fahrgeräusche zurück in meinen Kopf und schlucken alles andere.

»Christian?«

»Ich bin hier.«

»Sind wir allein.«

»Ja.«

»Frierst du auch?«

Als ich versuche, mich erneut aufzurichten, stößt mein Ellenbogen gegen etwas, das sofort nachgibt, und mit einem Mal ist alles hell erleuchtet. Von der Lichtexplosion erschrocken, hebe ich zum Schutz meinen Arm vor die Augen. Ich spüre einen kühlen Luftzug vom Fenster her.

»Hier! Nimm«, höre ich von unten.

Ich fische mit meiner Hand im Raum unter mir herum, vielmehr lasse ich sie wie ein Uhrpendel baumeln, bis ich gegen etwas stoße. Es fühlt sich wie ein kleines Buch an, was mir in die Hand gelegt wird. Ich ziehe es zu mir hoch und klappe es auf. Auf den hinteren Seiten entdecke ich einen Einreisestempel, dessen grüne Farbe so frisch ist, dass sie noch leicht glänzt.

Das Licht erlischt unerwartet wieder. Ich senke meinen Kopf auf das nach Mottenkugeln riechende Kissen. Kurz fühle ich noch mal einen Windzug mein Gesicht streifen. Dann falle ich sofort in tiefen Schlaf.

Stunden später öffne ich die Augen und sehe unser Abteil in blaues Licht getaucht. Auf die Vorhänge, auf denen in weißer Schrift »Schlafwagen« steht, schießt die Morgensonne hinterrücks ein paar Strahlen. Ich schlage das Leintuch beiseite und starre auf unsere Rucksäcke, die an zwei nutzlosen Kleiderhaken hängen. Ich steige vom Bett herunter und ziehe mir die löchrige Levi's an, die achtlos in einer Ecke unseres Abteils lag.

Ich trete auf den Gang hinaus und sehe Christian vor dem offenen Fenster stehen. Der Fahrtwind wirbelt ihm die Haare durcheinander, der graue Rauch seiner Zigarette wird durch das Fenster nach draußen gesaugt. Erst spät bemerke ich, auf was er da blickt. Er regt sich nicht. Ich gehe zurück ins Abteil und krame nach meinen Zigaretten.

Ich würde ihn gerne fragen, wie wir hierher geraten sind. Und was es ist, das meine Erinnerungen beständig einnebelt. Bisweilen fühle ich eine seltsame Taubheit in meinem Kopf aufsteigen. Dummerweise weiß ich nicht, wie ich ihm das beschreiben könnte. Man kann es nur selbst fühlen. Dabei fällt mir ein, dass ich diese Nacht lange regungslos auf meinem Arm gelegen haben muss, denn als ich erwachte, dachte ich für einen Moment, ich hätte ihn verloren.

Aus dem zerbeulten Päckchen fische ich eine Zigarette und trete wieder hinaus auf den Gang. Die braunen Teppiche unter mir sind übersät mit dunklen Flecken, die groteske Muster bilden. Als ich Christian meine Hand zur Begrüßung auf die Schulter legen will, spüre ich, wie sich alles in mir dagegen wehrt. Ich taumle rückwärts und halte mich an der Tür fest. Die fällt daraufhin in ihr Schloss und mein Rücken spürt endlich etwas, das ihm Halt gibt. Ich ziehe ein Feuerzeug aus meiner Hosentasche und stecke die Zigarette an, deren Filter in meinem Mund schon ganz feucht geworden ist. Ich ekle mich vor feuchten Filtern, selbst wenn es mein eigener Speichel ist, der sie nass macht.

In dem Moment, in dem das Feuerzeug klackt, sagt Christian etwas, doch kaum ist das Klacken verstummt, bin ich schon nicht mehr sicher und glaube, es mir nur eingebildet zu haben. Ich ziehe den Rauch tief ein und plötzlich beginnen meine Lippen sich wie von selbst zu bewegen.

»Nur Einsamkeit da draußen, oder?«

»Kommt drauf an. Ich habe die Menschen gezählt, die entlang des Bahndamms gegangen sind. Sie haben nicht mal ihre Köpfe gehoben, als der Zug vorbeifuhr. Ich habe ganz genau hingeschaut.«

Christian redet, ohne sich umzudrehen. Er weiß, dass mich das verrückt macht. Er macht es mit Absicht, ganz sicher. Ich beneide ihn für die Sanftheit, die er immer, wenn es darauf ankommt, in seine Stimme legen kann.

»Hör zu jetzt. Es ist völlig egal, was da draußen ist. Hörst du, es ist egal. Wichtig ist: wir zwei. Unwichtig ist: alles andere.«

Ich bin über meine Worte kurz erschrocken, das fühlt sich sogar seltsam gut an. Während ich über meinen Ausbruch nachdenke, bin ich abgelenkt, sodass meine Augen das, was jenseits der Fenster zu sehen ist, streifen. Dann starre ich wieder in Christians Nacken. Er reagiert nicht, aber ich kenne ihn zu gut: Er genießt das. Dann, endlich, fängt er an, seltsam gegen die Fahrtgeräusche anzumurmeln.

»Komm, wir müssen gleich aussteigen. Ich weiß: Es macht dich krank. Das alles. Dieser Zug, dieses Abteil, dieser Blick aus dem Fenster und die Kälte hier drin bringen dich um.«

Jetzt dreht er sich her.

»Du weißt, es muss sein. Natürlich hätten wir in Thessaloniki bleiben können. Nur, was wäre dann gewesen? Ich vermisse diese, ich nenne sie … anderen Tage auch. Oder nenne sie, wie du willst. Aber das ist jetzt vorbei. Und nicht erst seit eben. Wir haben uns das hier nicht ausgesucht. Wir haben keine Wahl. Wir bringen diese Sache hinter uns, damit wir wieder etwas vor uns haben. Verstehst du, was ich damit meine?«

Er hat mich bei seinen letzten Worten mit beiden Händen an den Schultern gepackt. Ich hätte mich gerne dagegen gewehrt. Sofort legt sich wieder eine Schwere auf mich, die da nicht wegwill. Ich lasse meinen Kopf auf die Brust fallen, ein paar Haarsträhnen fallen mit. Ich kann seinem Blick nichts entgegensetzen und wünschte, er würde mich loslassen und sich wieder umdrehen. Vielleicht hat er die ganze Zeit über nur sein Spiegelbild betrachtet, während auf der anderen Seite der Scheibe die Vororte Sofias vorbeifliegen und kein Ende nehmen.

Unser Weg aus dem Zug führt uns in ein unterirdisches Labyrinth. Es sind schon wieder viele Menschen da unten unterwegs. Obwohl es vielleicht erst sechs Uhr am Morgen ist. Sofort kommt das Schwindelgefühl zurück, und für einen Moment denke ich, ich müsste mich hier, jetzt, auf der Stelle übergeben. Doch weil Christian so weit vorausgeht, habe ich gar keine Zeit, darüber nachzudenken. Ihn jetzt zu verlieren wäre vielleicht das Beste. Für mich. Aber etwas schleift mich hinter ihm her. Die gebeugten Menschen schwärmen um uns herum und streuen lautes Leben in den Untergrund des Bahnhofs. Ich fühle das sofort.

Dann packt mich Christian am Arm und zieht mich aus dem Strom der Reisenden. Er stößt die Tür zu den Toiletten auf und schiebt mich in den Raum dahinter hinein. Fahles Licht rieselt auf uns, und endlich kann ich wieder Luft holen. Ich hocke mich in eine Ecke, lehne meinen Rücken gegen die gelblich verschmierten Kacheln. Das Loch in meiner Jeans reißt durch meine angewinkelten Knie ein Stück weiter auf. Christian setzt seinen Militärrucksack auf die Ablage, in der die zwei Blechwaschbecken eingelassen sind. Er reißt die Kordel auf und zieht eine blaue Tüte aus dünnem Plastik heraus. Über den breiten Spiegel, der direkt vor ihm hängt, kann ich jede seiner Gesichtsregungen verfolgen, auch wenn er mit dem Rücken zu mir steht. Vielleicht hat er vergessen, dass ich hinter ihm sitze und ihn praktisch unablässig beobachten kann, während er das alles macht. Vielleicht ist es genau das, was ihn an diesem absurden Spiel aufregt.

Er nimmt also die faustgroße Plastiktüte, öffnet den Metallkasten neben sich, in dem sonst Papierhandtücher stecken, und stopft die Tüte da hinein. Dann schließt er den Kasten wieder und dreht mit dem Zeigefinger noch irgendwelche Schrauben fest. Die Tüte ist jetzt weg. Er knüllt seinen halb leeren Rucksack mit den Armen zusammen und dreht sich um. Er schaut einen Moment her, schwer zu sagen, ob er es sanft meint oder abfällig oder einfach auch nur schaut, was jetzt los ist. Ich weiß, dass er von mir nie viel erwartet. Das machte es mal sehr unkompliziert. Eine Weile.

Durch den Spiegel kann ich mein Gesicht sehen, wie es halb von seinem Hinterkopf verdeckt wird. Ich könnte ihm meine Hand entgegenstrecken und er würde mich hochziehen, womöglich würde das schon reichen. Er legt seinen Kopf ein wenig schief (jetzt sehe ich mich ganz) und fragt: »Also?«

Als ich meine Augen aufschlage, sehe ich zwei Männer an den Waschbecken stehen. Einer fährt sich durch die Haare, begutachtet sich im Spiegel und brummt fremde Laute zu dem anderen neben sich. Ich bin wahrscheinlich eingeschlafen, denn ich liege jetzt seltsam gekrümmt auf dem bloßen Boden und sehe das alles aus dem Blickwinkel einer Raupe. Meine Haare kleben auf dem Boden fest, ich taste um mich herum, fühle aber nichts Flüssiges. Ich kämpfe mich in eine aufrechte Position, und nach ein paar Momenten schaffe ich es sogar, ganz aufzustehen. Jetzt fällt mir der Metallkasten ein, doch ich kann beim besten Willen nicht sagen, ob er irgendwie verändert aussieht. Und ich denke, es ist besser, da ich ja nicht allein bin, nicht allzu auffällig dort hinzuschauen. Ich zerre die Türe auf und stolpere halb nach draußen. Vielleicht kommt bald der Zeitpunkt, an dem ich nicht mehr aufstehen kann, schießt es mir durch den Kopf. Dann bleibe ich liegen und warte, was passiert. Aber irgendwie geht es ja doch immer. Und kaum habe ich mich wieder unter die unbekannten Menschen geworfen, die vorbeihasten, fühle ich, wie ich anfange zu schweben. Ich durchbreche das Dach, das ich über mir vermute, und schaue von weit oben wieder herunter. Vielleicht sehe ich von hier aus Christian. Ob er noch da ist? Vielleicht wartet er ja drüben am Zug, weil wir gleich weiterfahren. Weg aus Sofia, immer weiter, halten einfach nicht mehr an, lassen uns weit wegbringen. Uns beide.

Karl Olsberg: Die Fingerübung

Ein dicker Mann, Lippen wie Fahrradreifen. Die Wangen hängen herab, als seien sie nicht richtig angeklebt. Dunkle Flecken unter den Ärmeln des hellblauen Plastikhemds. Sein Gesicht glänzt von Schweiß. Armes Schwein.

Gestresste Mutter, dunkelblonde Haare, Hitzepickel. Kind 1 plärrt auf dem Schoß, Kind 2 nervt die Mitreisenden. Ach, wie niedlich, das kleine Mädchen, natürlich darfst du mit dem Handy von dem fremden Onkel spielen, aber stecke es bitte nicht wieder da in den Schlitz zwischen Sitz und Wand, okay? Überall Kekskrümel. Nächster Halt: Taka-Tuka-Land.

Ein junger Typ. Cool, dynamisch, auf dem Weg nach oben. Redet er sich jedenfalls ein. Pseudo-Armani von C&A, schick geschnitten, aber man sieht doch, dass es nur Polyacryl ist. Die Krawatte sieht aus wie Geschenkpapier. Stochert mit den Fingern in den Zähnen, glaubt, dass es keiner merkt. So wird das nichts mit der Bewerbung, Junge!

Jason Smile betrachtete seine Opfer mit einem zufriedenen Grinsen. Sie merkten nicht, was er mit ihnen machte. Es war sein kleines Geheimnis, das er nur seinem Laptop anvertraute.

Fingerübungen nannte er es. Immer wenn er im Zug saß, bevor er ernsthaft zu schreiben begann, schrieb er kurze Porträts der Leute, die ihm unterwegs begegneten. Vier, fünf Sätze, mehr nicht. Geistige Kniebeugen, damit sein Schreibapparat in Schwung kam.

Jason Smile, Krimiautor, stahlblaue Augen, giftiger Mund, zu wenig Haare, zu viele Kinne. Oder heißt es Kinns?

Natürlich war Jason Smile nicht sein richtiger Name. Er hatte auch noch einen anderen, den ihm seine Eltern aufgezwungen hatten und bei dessen Findung offensichtlich alle mitgemacht hatten: Verwandte, Freunde, Bekannte, entfernte Bekannte. Wahrscheinlich hatten sie auch eine Umfrage in der Fußgängerzone gemacht. Schließlich hatte man sich auf den kleinsten gemeinsamen Nenner geeinigt: Michael. Michael Müller. Unter dem Namen hätte man nicht mal eine Speisekarte veröffentlichen können.

Michael Müller, das war er, wenn er bei Kunden saß und ihnen die Vorzüge der neuen Generation von Schmiermittel-Management-Systemen erläuterte. Dann war es sogar ein Vorteil, so zu heißen. Es machte ihn klein und unbedeutend, und nichts war wichtiger in einem Verkaufsgespräch, als klein und unbedeutend zu sein, damit der Kunde sich groß und bedeutend fühlen konnte.

Innerlich lachte er dann immer. Die Kunden hielten ihn für einen gewöhnlichen Verkäufer. Niemand ahnte etwas von seinem Doppelleben als Krimiautor, nicht mal seine Kollegen in der Firma. Er war wie die Bösewichte in seinen Geschichten: äußerlich freundlich, unscheinbar, harmlos, doch unter der Maske verbargen sich Abgründe …

»Entschuldigung, ist hier noch frei?«

Smile sah nicht auf. Er starrte konzentriert auf den Laptop und tippte irgendeinen Blödsinn, um möglichst unstörbar zu wirken. Meistens klappte es, und die Leute sahen sich nach einem anderen Platz um. Er brauchte nun mal einen festen Tisch für seinen Laptop – auf den wackelnden Minitischchen an den übrigen Plätzen im ICE konnte er nicht vernünftig arbeiten. Andererseits hasste er es, wenn ihm jemand gegenübersaß. Ständig kam man sich mit den Beinen ins Gehege, also saß man die ganze Zeit verkrampft da, versuchte, den Gegner nicht zu berühren, und konnte nicht mehr klar denken.

»Entschuldigung, ist hier noch frei?«

Diese Penetranz! Sie hätte den Satz doch wenigstens variieren können: »Sie haben doch nichts dagegen, wenn ich mich zu Ihnen setze?«, oder noch besser: »Ich weiß, dass ich Sie störe, und ich werde auch versuchen, mich ganz klein zu machen, aber bitte, bitte seien Sie nicht böse, wenn ich mich jetzt hier hinsetze, ja?«

Nein, sie fragte ihn nicht um Erlaubnis. Sie wollte nur die Fakten: Ist der Platz belegt oder nicht? Deine Meinung interessiert mich nicht, Dicker. Zieh gefälligst deine langen Beine ein. Na gut, das hatte sie nicht wirklich gesagt, aber er konnte es sich auch so denken.

Er setzte das mürrischste Gesicht auf, das er beherrschte – die Augen ausdruckslos, die Mundwinkel leicht nach unten gezogen – und blickte auf. Und blickte. Und blickte.

»Und?«, fragte die Frau.

Nein, die Bezeichnung »Frau« wurde ihr nicht gerecht. Die traf schließlich auch auf alle anderen weiblichen Wesen der Gattung Mensch zu. Sie schien einer eigenen Spezies anzugehören, von der es nur wenige Exemplare gab. Zu selten, zu scheu, als dass man sie in freier Wildbahn beobachten konnte. Deshalb musste man sich normalerweise mit dem Betrachten von Fotos in Magazinen begnügen.

Smile klappte den Mund zu. Er wünschte sich, dass er jetzt in der Lage wäre, seinem Künstlernamen Ehre zu machen und ein bezauberndes, charmantes Lächeln aufzusetzen. Er wünschte es sich so sehr. Doch seine Gesichtsmuskeln streikten, forderten ausgerechnet in diesem Moment eine Gehaltserhöhung: mindestens sechs Prozent mehr Blutzucker im Monat.

»Äh«, sagte er. Mit einiger Anstrengung gelang es ihm zu nicken.

Sie lächelte, wuchtete ihre Reisetasche in die Gepäckablage.

»Soll ich … kann ich … darf ich Ihnen vielleicht …«, sagte Smile, nachdem die Tasche endlich oben war.

»Nein danke, es geht schon«, sagte sie und setzte sich. Sie lächelte. Eine perfide Mischung aus Schüchternheit und Selbstbewusstsein. Definitiv nicht jugendfrei.

Sie öffnete ihre Handtasche und holte ein Buch hervor. Irgendwann musste ihm mal eine Frau verraten, wie das ging, all das Zeug in einem so kleinen Lederbeutel unterzubringen. Den Trick würde er dann als Komprimierungsalgorithmus an die Softwareindustrie verkaufen.

Sie klappte das Buch auf, sodass Smile den Titel erkennen konnte: »Der Killer im Schatten« von Eric Cooper.

Es war wie ein Faustschlag in die Magengrube. Sie las ein Buch von Cooper, ausgerechnet von Cooper! Allein der Titel war schon dämlich, wurde aber vom Inhalt noch in den besagten Schatten gestellt, der im Übrigen im gesamten Buch nicht ein einziges Mal vorkam. Smile hatte das Buch zweimal gelesen und jedes überflüssige, sinnlose und redundante Adjektiv, jedes Adverb begeistert und genussvoll mit gelbem Leuchtmarker unterlegt. Mit Genugtuung hatte er die Logikfehler des Buches auf drei Seiten aufgelistet. Cooper war ein Stümper, ein Anfänger, ein absoluter Armleuchter. Es war einfach eine Unverschämtheit, dass er schon elf Bücher veröffentlicht hatte und Smile erst ein einziges, noch dazu in einem kleinen Verlag, der sich geweigert hatte, eine Zweitauflage zu drucken, als das Buch vergriffen war. Dabei war er bis auf Amazon-Verkaufsrang 21.494 heruntergekommen.

Aber ein echter Schriftsteller ließ sich von solchen Rückschlägen nicht unterkriegen. Irgendwann würde seine Stunde schon kommen, und dann würde er es sein, der Interviews auf der Buchmesse gab!

Er wandte sich wieder seinem Laptop zu, versuchte sich zu konzentrieren, aber der Adrenalinpegel in seinen Adern lag deutlich über dem gesetzlich zulässigen Höchstwert für produktives Schreiben.

Beruhige dich, mach erst mal eine Fingerübung.

Er sah zu der Frau hinüber. Sie las. Ihre Haltung war entspannt. Er schrieb:

Eine Traumfrau. Der Mund rot wie Kirschen, die Wangen zart, ebenmäßig, perfekt. Eine gerade Nase, schmale Augenbrauen, klare grüne Augen, tief wie Brunnen. Ihr schwarzes Haar umrahmt ihr wunderschönes, ebenmäßiges Gesicht wie ein dunkler Fluss in der Nacht.

Ungläubig starrte Smile auf den Bildschirm des Laptops. Er hatte fünfzehn Minuten gebraucht, um das zu schreiben. Immer wieder war er mit dem Cursor zurückgefahren, hatte Worte, Satzteile, ganze Sätze gelöscht, neu geschrieben, wieder gelöscht. Und jetzt, nach einer vollen Viertelstunde, stand da nur dieser Schwachsinn, das armseligste Geschreibsel, das er je seiner Festplatte zugemutet hatte.

Selbstkritisch – er kannte weder gegen sich noch gegen andere Erbarmen und war stolz darauf – betrachtete er den Text. Der Mund rot wie Kirschen, das hatte sich seit den Gebrüdern Grimm keiner mehr zu schreiben getraut, so abgegriffen war es. Ein dunkler Fluss in der Nacht! Als wenn es nachts helle Flüsse gäbe! Augen, tief wie Brunnen. Am liebsten hätte er sich vor Verzweiflung über solchen Mist in einen derselben gestürzt.

Also gut, keine Panik, Jason. Jeder hat mal eine kleine Schreibblockade. Versuch es einfach noch mal neu. Gegen Schreibblockaden hilft nur das Weiterschreiben.

Das Gesicht so weiß wie frisch gefallener Schnee, die Lippen so voll und rot wie sommerreife Tomaten, das Haar wie aus Ebenholz geschnitzt. Ach, Schneewittchen, könnte ich doch dein Märchenprinz sein!

Nein, das war auch nichts. Die Ironie war ja schön und gut, aber sie wirkte aufgesetzt. Und die sommerreifen Tomaten? Dann doch lieber Kirschen.

Es war zum Verzweifeln. Aber er gab nicht auf.

Ihr Lächeln ist wie die Morgensonne, die auf einen klaren Teich herabscheint und sich in den Wellen spiegelt, welche die Rückenfinne einer Forelle darin hinterlässt, die sanft ihre Kreise dreht, auf der Suche nach der Liebe, welche sie längst verloren hat.

Das war wunderschön poetisch. Wunderschön kitschig. Wunderschön … grauenhaft. Bandwurmig. Gestelzt. Noch dazu zweimal hintereinander »welche«, ein Wort, das er noch nie zuvor verwendet hatte.

So allmählich machte er sich ernsthaft Sorgen.

Eva. Sie muss es sein. Ihr Mund: die verbotene Frucht. Ihr Körper: die Verheißung des Paradieses. Ihr Blick: das Flammenschwert. Ob sie noch einen Apfel für mich übrig hat?

Na ja. Schon besser, aber noch lange nicht gut.

»In wenigen Minuten erreichen wir Göttingen«, erklärte der Lautsprecher. »Dort haben Sie Anschluss …«

Smile zuckte zusammen. So ein Mist! Schon die Hälfte der Strecke vorbei, und er hatte noch kein Wort geschrieben!

Er rief das Word-Dokument auf, das noch eine Geschichte werden musste. Nur die Überschrift stand schon auf dem virtuellen Papier:

»Mord im ICE«. Ein Kurzkrimi sollte das werden, für einen Wettbewerb. Morgen war Einsendeschluss. Normalerweise kein Problem für einen Profi wie Jason Smile. Sieben Seiten höchstens, das schrieb er locker, einfache Fahrt Frankfurt-Hamburg.

Aber ausgerechnet heute hatte er einen Knoten im Kopf. Immer wieder glitten seine Augen vom Bildschirm ab, als sei er mit Schmierseife bestrichen. Und klebten an ihrem Gesicht, so unschuldig, so sanft und so schrecklich vertieft in das falsche Buch.

Also gut, einen Versuch noch!

Sie ist einfach … Verdammt, wo sind die nur? Auf meiner Laptop-Tastatur fehlen plötzlich ein paar Buchstaben. Gerade diejenigen, die das Wort bilden, das sie beschreibt. Vorhin waren sie noch da, ich bin da ganz sicher.

Das war wenigstens ein bisschen lustig, aber eindeutig gemogelt. Er hatte die Aufgabe, sie zu beschreiben, elegant umgangen.

Er sah auf die Uhr: Viertel vor Hannover. Verdammt!

Er versuchte aufzustehen, verhakte sich mit ihren Beinen. »Entschuldigung«, stammelte er und spürte, wie er rot wurde. Rot! In seinem Alter! Und natürlich lächelte sie, und ihr Lächeln war wie Vanillesoße auf einer offenen Fleischwunde.

Er flüchtete in den Speisewagen. Erst mal einen Kaffee, erst mal in Ruhe durchatmen, und dann wird das schon.

Als er endlich den Mut gefunden hatte, zu seinem Platz zurückzukehren, war sie verschwunden. Abhanden gekommen in Hannover-Hauptbahnhof. Er schaute sich um, vergewisserte sich, dass er im richtigen Wagen war. Nein, kein Irrtum möglich, das war eindeutig sein Laptop. Ziemlich riskant, den hier einfach so stehen zu lassen, noch dazu während des Halts an einem Bahnhof. Aber er hatte ja gar nicht so lange wegbleiben wollen.

Wenigstens hatte er jetzt seine Beinfreiheit, versuchte er sich zu trösten. Ohne Erfolg.

Dann fiel sein Blick auf den Bildschirm.

Komischer Typ: ein bisschen zu lange Beine, ein bisschen zu wenig

Bewegung, ein bisschen zu viel Stirnrunzeln. Schlechte Manieren. In Wirklichkeit wahrscheinlich nur schüchtern. Schreibt kleine, gemeine Porträts über fremde Leute und glaubt, dass es keiner merkt. Eine Visitenkarte habe ich sicherheitshalber trotzdem eingesteckt. Vielleicht brauche ich ja mal ein Schmiermittel-Management-System.

Sophia Wiest: Der Junge, der auf Koffern und in Zügen lebt

Er steht am Fenster seiner leeren Wohnung, die Handflächen gegen das Glas gepresst. Draußen regengrauer Himmel, drinnen Leere. Leerer Parkettboden, an der Decke die nackte Glühbirne, in der Ecke Koffer, seit Jahren schon. Er lebt auf Koffern, schläft auf Koffern, allein, dicke Pullover als Kissen. Er isst auf Koffern, Ravioli aus der Dose zwischen den Knien, seit Jahren schon. Er lebt auf Koffern, immer bereit aufzubrechen, irgendwohin.

Manchmal ist er einsam. So einsam, dass ihn die Leere seiner Wohnung aufzufressen scheint. Er schreibt dann Sätze mit rotem Filzstift auf kleine Zettel, auf die Wände und denkt sich Falten zwischen die Augenbrauen. Oft ist er allein, allein unter vielen, und eigentlich ist er das auch sehr gerne. Er mag es, nachts in kleinen Cafés an Ecktischen zu sitzen, Bier in der Hand und in den Mundwinkeln, die Mädchen mit den wackelnden Pferdeschwänzen betrachtend, die sich ein Lächeln von den Lippen streichen, den Kopf in den Nacken gelegt, tanzen, daneben die Jungs, die ihnen dabei zusehen, Zigaretten zwischen den Fingern. Selten wird er angesprochen. Er wirkt anders, wie ein Fehler vor den dunkelgrünen Ledersitzen, wie er sich in die Ecke flüchtet, an der Bierflasche festklammert. Die Augen zu hell, die Haare zu dunkel, keine Frisur, die mit Gel in Form gehalten wird, einfach nur Haare, die ihm weich ins Gesicht fallen. Nur ungern redet er. Er spricht so leise, dass es klingt, als würde er nach innen sprechen, als würde er am liebsten die Worte für sich behalten. Oft wiederholt er seine Sätze, weil ihm die Worte viel zu schnell verloren gehen, ihm aus den Fingern gleiten, bevor er sie aussprechen kann. Zahlen mag er lieber, an denen kann er sich festhalten, sie liegen fest in der Hand. Aus ihnen kann er Geraden aufstellen, Gleichungen, mit denen er die Anzahl seiner Gedanken berechnet, die Dauer eines Lächelns, die Wahrscheinlichkeit für einen Regenbogen. Gleichungen, die niemanden interessieren. Mit Zahlen, Statistiken und Formeln hat auch sein Studium zu tun. Er mag das Füllen des karierten Papiers mit Zahlen und Zeichen, die für andere wie eine Geheimschrift wirken. Er ist gut darin, das sagen zumindest die Professoren, wenn sie einen Blick durch runde Brillengläser auf seine Zahlen werfen. Manchmal hat er das Gefühl, in Zahlen zu denken und zu träumen. In bunten Zahlen.

Die Nächte vertreibt er sich mit Zahlen, die er sich für schöne Mädchen ausdenkt, auf Bierdeckeln mit schwarzem Kugelschreiber sammelt. Manchmal auch Wörter, die schön klingen, wenn man sie leise vor sich hin sagt, auf dem Heimweg, in der U-Bahn. Die Einzigen, die an seinen Tisch kommen, sind müde Mädchen. Mädchen, die nicht schön sind, entweder zu dick oder zu dünn, das Gesicht blass mit dunklen Ringen unter den Augen, unter den Fingernägeln. Sie reden nicht viel, stellen keine Fragen, deren Antworten sie nicht interessieren. Sie fragen nach einem Schluck Bier, nach ein bisschen Platz für den schweren Kopf und die müden Augen. Er mag die müden Mädchen, die an seine Schulter gelehnt einschlafen, deren Augenringe er mit den Fingern nachzieht. Er mag es, ihrem Schweigen, dem gleichmäßigen Atem zuzuhören. Manchmal nimmt er sie mit in seine Wohnung, macht ihnen Milch warm und ein Bett aus Koffern. Selten schlafen sie dann, sitzen in viel zu großem T-Shirt auf dem Kühlschrank, die Beine angezogen, die Augen glasig, Tränen in den Augenwinkeln. Müde Mädchen weinen meistens irgendwann, er weiß das, wischt ihnen die Tränen aus dem Gesicht, am karierten Schlafanzugärmel ab. Morgens, wenn er aufwacht, die Fenster öffnet, sind sie verschwunden, die leere Tasse in der Spüle und das Schweigen auf dem Kühlschrank zurücklassend. Leere überall. Einsam ist er dann meistens.

Wenn die Einsamkeit zu groß wird, dann verreist er, irgendwohin, Sätze in den Manteltaschen, die ihn schützen sollen vor der Einsamkeit unterwegs. Im Atlas betrachtet er Europa von oben, sucht nach

Namen, die fremd klingen, die er nicht aussprechen kann. Früher wollte er immer Polnisch lernen, um die Leute in Polen zu fragen, warum Polen in seinem Atlas die gleiche hellgelbe Farbe hat wie Australien. Polen, dachte er, muss ein bisschen wie Australien sein. Er mag das Reisen, das Zugfahren irgendwohin. Er mag die Bahnhofsgeräusche, das Quietschen der bremsenden Züge, das Geräusch der Rollkoffer auf den Bahnsteigen, die scheppernden Durchsagen und das Pfeifen der Schaffner. Er mag es, wie sich Landschaft, Wetter und Sprache auf langen Zugfahrten verändern. Jede Stadt, jeder Bahnhof, an dem er aussteigt, ist anders. Die Geräusche, die Sprache, sogar das Lachen ist anders. In seine Adressbücher, in seine Abende trägt er neue Namen, neue Wörter ein, nur um zu wissen, dass er alleine ist, wenn er zu Ende gesehen hat.

Auf einer Zugfahrt hat er sie getroffen. Er war auf dem Weg in Richtung Norden ohne bestimmtes Ziel. Er wollte dort aussteigen, wo das Meer eine graugrüne Farbe hat, wo die Mädchen keine kurzen Röcke tragen, sondern dicke Pullover, die Kapuzen fest ums Gesicht geschnürt, Gänsehaut auf den Wangen, den Geruch nach Meer am Hals. Er wollte am Meer entlanglaufen, barfuß durch den Sand, im Wind ein bisschen frieren. Die Zugfahrt war lang, ein bisschen zu lang, er hatte geschlafen, den Kopf ans Fenster gelehnt. Als er aufwachte, war es draußen dunkel, im Abteil flackerndes Licht, an den Fensterscheiben Regentropfen. Er stieg aus, als der Zug nicht mehr weiterfuhr und ein Schaffner ihn mit strenger Stimme und wilden Gesten zum Gehen aufforderte. Es war ein kleiner Bahnhof, zwei Gleise, eine Bank. In der Ferne konnte er das Meer hören. Müde und orientierungslos, den Koffer zwischen den Beinen, versuchte er im Straßenlaternenlicht das Ortsschild zu entziffern, als sich etwas von seinem Koffer löste. Er hob es auf, verwundert, eine Postkarte. Mit dem Jackenärmel wischte er Regentropfen von Engelsflügeln in Schwarzweiß. Auf der Rückseite runde Mädchenbuchstaben mit blauem Kugelschreiber: Wenn die Wahrheit eine Zahl ist, welche ist dann die Lüge? Du sahst traurig aus im Schlaf, wollte dich nicht wecken, das Mädchen dir gegenüber. Darunter eine Telefonnummer. Er strich sich die nassen Locken aus der Stirn. Wahrheit? Lüge? Welches Mädchen? Er dachte nach, konnte sich nicht an ein Mädchen erinnern, das ihm gegenübergesessen hatte. Ein Mann fiel ihm ein, der die ganze Fahrt über gegessen hatte. Sein Kiefer war ununterbrochen in Bewegung. Ab und zu hatte er in einer Computerzeitschrift geblättert, die Krawatte mit der einen Hand gelockert, mit der anderen Hand mit fleischigen Fingern den Mund abgewischt. Aber an ein Mädchen konnte er sich nicht erinnern.

Nach einer unruhigen Nacht auf einer zu weichen Schaumstoffmatratze in einer Jugendherberge, in der er über die Postkarte und das Mädchen nachdachte, beschloss er beim Frühstück, einer Tasse Kaffee im Stehen, sie anzurufen. Aus den Zahlen der Telefonnummer versuchte er sich das Mädchen vorzustellen. Er bildete Quersummen, zog Wurzeln in Gedanken. Er dachte an helle Haare, helle Augen, ein Lächeln darin. In einer gelben Telefonzelle, das Geräusch von Regen, wählte er Ziffer für Ziffer ihrer Nummer. So richtig wusste er selbst nicht, warum er das tat. Gerade er, der jedem Gespräch aus dem Weg ging, dessen Stimme sich leicht überschlägt, viel zu leise ist. Vielleicht war es die Neugierde nach einem Mädchen, das sich für Zahlen interessiert, vielleicht auch der Geruch nach Meer und Regen in seiner Nase. Er wusste es nicht so genau. Das gleichmäßige Tuten in der Leitung. Plötzlich der Gedanke, dass er den Namen des Mädchens gar nicht kannte. In seinen Gedanken hieß sie Melancholie, weil er fand, dass schöne Mädchen so heißen sollten. Dann eine Mädchenstimme. Ihre Stimme.

Hallo. Schweigen.

Hallo?

Zögernd begann er zu sprechen, in Bruchstücken.

Eins und neun, sagte er. Wahrheit und Lüge. Du weißt schon, der Junge aus dem Zug. Er hörte, wie sich ihre Stimme hob, glaubte, ein

Lächeln zu hören. Wohin bist du gefahren, fragte sie. Er erzählte von dem kleinen Ort, dem Regen und dem Meer. Sie fragte viel, wollte alles genau wissen. Seltsam fand er es nicht. Sie war keine Fremde für ihn. Immer wieder musste er Münzen nachwerfen, bis seine Finger in seinen Hosentaschen ins Leere griffen. Schreibst du mir eine Karte, fragte sie noch. Bevor er antworten konnte, hatte sie ihm schon ihre Adresse durchgegeben. Dann nur noch ein lang gezogenes Tuten im Hörer.

Er schrieb ihr viele Briefe, von überall. Dachte bei jeder Kleinigkeit, die er sah, an das Mädchen und wie er es für sie aufschreiben könnte. Er am Meer, die Füße im Sand, die Gedanken bei seinen Briefen. Sie an ihrem Küchentisch, die Zigarette im Mundwinkel, seine Briefe auf ihren Knien, die immer mit »Liebe Melancholie« begannen. Schwarzer Kugelschreiber auf kariertem Papier. Am Rand kleine Zahlen zwischen den Buchstaben. Zu rund, zu geschwungen, zu klar für die Handschrift eines Jungen. Sie sah sein Lächeln zwischen den Worten, seine braunen Haare, die ihm weich ins Gesicht fielen, zwischen den Zeilen. Mit der Nagelschere schnitt sie einzelne Sätze aus, die sie schön fand, und steckte sie zu Kassenzetteln, Kinokarten in den Geldbeutel, wollte ihn bei sich tragen. Manchmal, wenn sie abends in der Bar an der Ecke Bier bestellte, fielen ihr seine Sätze in die Hände. Sie strich sich dann sein Lächeln von den kalten Fingern, Wörter von den Handflächen. Sie schrieb ihm Botschaften in das beschlagene Glas der Bierflasche, auf Kondensstreifen, mit Straßenkreide auf den Gehweg, manchmal auch Briefe, die sie niemals abschickte. Nachts seine leise Stimme am Telefon, weich und warm, erzählte von Meer in graugrüner Acrylfarbe, von Sand zwischen den Zehen, schillernden Muscheln. Sie fragte, welche Farbe der Himmel hat, wie das Meer riecht und ob die Menschen anders lachen. Sie hörte seine Worte gegen das Plastik des Telefonhörers treffen, sein Lächeln, das Rauschen des Meeres im Hintergrund. »Schneewittchenjunge«, sagte sie zu dem durchdringenden Tuten aus dem Hörer.

Irgendwann hat er sie besucht. Die zitternden Finger in den Jackentaschen versteckt, ist er am Bahnhof ihrer Stadt ausgestiegen. Ein großer Bahnhof, fünfzehn Gleise, Sackbahnhof. Hektik auf den Bahnsteigen, Lärm überall, sie dazwischen. Schon von weitem hat er sie gesehen. Sie trug weiße Engelsflügel, damit er sie erkennen konnte, winkte von weitem. Eine schmale, kleine Person, die Augen hell und leuchtend, ein Lächeln auf den Lippen. Ein Lachen, ein Kuss auf die Backe, flüchtig, wie zufällig, ihre Dreadlocks, die an den Wangen kratzten. Sie schien sich zu freuen, zeigte hierhin und dorthin, redete über seine Zahlen, über die Farbe des Himmels, und wie sehr sie sich freute, dass er gekommen sei. Dazwischen ein Lächeln. Er hörte still ihrer Stimme zu, die alles auszufüllen schien, und war glücklich. Ein Tag mit ihr. Kaffee und Tiefkühlpizza in ihrer WG-Küche. Buntes Chaos überall, er schüttelte die Hände ihrer Mitbewohner, ein Zwinkern in ihren Augen. Wir haben schon viel von dir gehört, sagten sie. Er fühlte sich wohl, ihre Stimme, die er aus dem Telefonhörer kannte, überall, stellte Fragen, wollte alles genau wissen. Sie erzählte, dass sie nach Australien möchte, eine Zeit lang. Gepackte Rucksäcke im Flur. Abends Bier in der Bar an der Ecke, gemeinsam beobachteten sie die Mädchen in zu engen Hosen, Jungs, die sich über Musik und tätowierte Grundschullehrerinnen unterhielten. Gemeinsam sammelten sie Wörter auf den Bierdeckeln und sie erfand abwegige Geschichten über tanzende Mädchen. Die Nacht kurz. Am nächsten Morgen ihre Träume auf kleinen weißen Zetteln auf dem Küchentisch, Frühstück dazwischen. Ein Gruß, ein Kuss am Kühlschrank, sie bei der Arbeit. Er trank den Kaffee mit zu viel Zucker, ihre Träume zwischen den Fingern. Dann ging er, einen Zettel mit seiner Adresse auf dem Küchentisch zurücklassend. Seine Telefonnummer darauf und, schreibst du mir eine Karte aus Australien, darunter.

Jetzt steht er da in seiner leeren Wohnung, wartet auf ihre Briefe, die immer mit »Lieber Schneewittchenjunge« beginnen und mit »deine Melancholie« enden. Nachts zu den unmöglichsten Zeiten ihre

Stimme am Telefon, hell und ganz weit weg. Er fragt sie, was man auf der anderen Seite der Erde träumt, ob Australien ein bisschen wie Polen ist und ob das Bier anders schmeckt. Er hört dann ihr Lachen. Ihre Erzählungen. Oft schläft er dann irgendwann ein, den Telefonhörer am Ohr, ihre Stimme im Traum und ist glücklich, wenn er morgens aufwacht. Er hat sich weiße Farbe gekauft, möchte die Wand mit den Sätzen in roter Farbe überstreichen. Vielleicht würde er auch Stühle brauchen und einen Tisch, mit ihren Briefen darauf. Vielleicht auch ein Bett, wenn sie ihn besuchen kommt, irgendwann.

Die Autoren

Daniel Oliver Bachmann: Jussuf

Daniel Oliver Bachmann, geboren 1965 in Schramberg/Schwarzwald, studierte Volkswirtschaft in München, Betriebswirtschaft in Pforzheim sowie Film und Drehbuch an der Filmakademie Baden-Württemberg. Er schreibt Romane, Erzählungen, Drehbücher und Hörspiele. Außerdem dreht er Dokumentarfilme auf der ganzen Welt. Der Autor gewann bereits zahlreiche Auszeichnungen und Stipendien im In- und Ausland. Daniel Oliver Bachmann arbeitet als Dozent für Film an der Hochschule Pforzheim. Von ihm erschienen 2001 der Roman „Flammen des Zorns" im Scherz-Verlag und 2002 „Judas 2000" bei Edition Salz und Pfeffer.

Almut Baumgarten: Mimesis

Almut Baumgarten, geb. 1969, Mutter dreier Kinder, studierte in Freiburg im Breisgau Philosophie, Literaturwissenschaften und Soziologie. Sie lebt in Velbert-Langenberg. Vielerlei kann die Autorin, die besonders gerne im Zug schreibt, zu einer Geschichte anregen. Die Idee für „Mimesis" ist Almut Baumgarten auf einer Zugfahrt zwischen Frankfurt und Köln gekommen, als neben ihr eine Frau sich ganz unter ihrem Schal verbarg. 2004, ein Jahr nachdem sie mit dem Schreiben begonnen hatte, erschien eine ihrer Kurzgeschichten in der Literaturzeitschrift KONZEPTE.

Chris Brockhaus: Eliza

Chris Brockhaus, 1950 in Bonn/Bad Godesberg geboren, studierte an den Universitäten Freiburg und München Englische, Amerikanische und Romanische Literaturwissenschaften. Später folgte ein Zweitstudium der Buchwissenschaft. Ende der 1970er Jahre richtete die Autorin ihr persönliches wie berufliches Interesse auf den Sport Windsurfing. Sie gab unter anderem das erste Windsurfing-Magazin heraus und organisierte weltweit sportliche Wettbewerbe. Das Reisen ist eine ihrer großen Leidenschaften. Nach einem beruflichen Neustart im Bereich PR/Redaktion/Werbung arbeitet Chris Brockhaus seit einigen Jahren als freiberufliche Redakteurin für ein Büchermagazin. In ihrer Freizeit verfasst sie Geschichten, Texte und Glossen.

Christiane Dieckerhoff: Endstation

Christiane Dieckerhoff, Jahrgang 1960, ausgebildete Kinderkrankenschwester, leitet seit 1992 die Früh- und Neugeborenenstation der Vestischen Kinder- und Jugendklinik Datteln. Vor zwei Jahren fing die Autorin an zu schreiben, zunächst Kurzgeschichten und mittlerweile auch drei Krimis. Im Allitera Verlag erschien 2003 „Eine Gutenachtgeschichte" in „Kinder – was für ein Leben! Das Beste aus dem Leserwettbewerb der Zeitschrift Eltern". Ihre Geschichte „Die Zeit nach dem Abschied" erschien 2004 in „Noch einmal leben vor dem Sterben" bei Edition Ponte Novu.

Kathrin Elfman: Was Bahnfahren mit Telepathie zu tun hat

Kathrin Elfman, 1968 in Konstanz geboren, absolvierte eine kauf-
männische Ausbildung im Fachbereich Musikelektronik. Als TV-Re-
dakteurin und Autorin wirkte sie an über 100 Beiträgen der privaten
TV-Sender SAT 1 und PRO 7 mit. Nach einem BWL-Fernstudium
kündigte sie ihre bisherige Anstellung und arbeitet seitdem selbststän-
dig als Texterin, Drehbuchautorin und Ghostwriterin. Neben ihrem
Hauptberuf, dem Schreiben, kommt auch ihre zweite Leidenschaft,
die Musik, nicht zu kurz. Als Frontfrau der Rockband MILO singt
und spielt sie Gitarre, schreibt und komponiert alle Songs selbst. Kathrin Elfman veröffentlichte bereits mehrere Romane, Sachbücher,
Hörspiele und Filme. Bei twilightpress erschienen im Jahr 2000
der Cyber-Roman „Camouflage" und 2001 der Mystery-Thriller
„Neunmaltot". Aktuell in Arbeit befindet sich die Sci-Fi-Kurzge-
schichtensammlung „Bootleg – illegale Livemitschnitte aus der
Zwischenwelt".

Jutta von Frankenberg und Proschlitz: Unterwegs 2088

Jutta von Frankenberg und Proschlitz, geb. 1964, ist ausgebildete Di-
plom-Soziologin und PR-Referentin. Ihre Hobbys sind das Schreiben
und Reisen. Für sie ist das Schreiben eine mentale Form des Reisens.
Da sie kein Instrument spielt und nach eigenen Angaben nicht zeich-
nen kann, ist das Wort die geeignete Ausdrucksform ihrer Kreativität.
„Kreativ sein" heißt für sie, die Realität beim Schreiben zu verlassen,
zu überzeichnen, dabei zu entspannen und frei zu sein.

Barbara Friedrich: Abgeleckt

Barbara Friedrich, Jahrgang 1944, arbeitete zuerst als Grund- und Hauptschullehrerin, später als Analytische Kinder- und Jugendlichen-Psychotherapeutin in freier Praxis. Sie hielt zahlreiche Vorträge zum Thema und veröffentlichte Beiträge in Büchern und Fachzeitschriften. Von ihr erschienen Beiträge für den Saarländischen Rundfunk, den Süddeutschen Rundfunk („Grüner Punkt") und den Südwestrundfunk („Eckpunkt"). Barbara Friedrich schreibt Kindergeschichten, seit sie Kinder hat, Mordgeschichten, seit sie einmal furchtbare Wut hatte, und schlimme Geschichten, seit sie durch ihren Beruf viel Menschliches gesehen hat. Ihre erste eigene Buchveröffentlichung ist der Ratgeber „Zornmichel, Triezliese & Co. Umgang mit kindlichen Aggressionen", der 2001 im text-o-phon Verlag erschien.

Katrin Hage: Hund-Katze-Maus

Katrin Hage, 1975 in Telgte geboren, studierte an der Université de Rouen mit dem Studienschwerpunkt Kultur- und Wirtschaftssoziologie, anschließend an der Université Victor Segalen in Bordeaux Kultur- und Politiksoziologie. Es folgten verschiedene Stationen bei Verlagen und Zeitschriften. Zur Zeit arbeitet die Autorin als Journalistin im Rhein-Main-Gebiet. Katrin Hage fand den Weg zum Schreiben über das Lesen. Sie erfreut sich an der Sprache und an den multiplen Formen ihres Ausdrucks – vom Roman über Hörspiel bis zum Comic. Sie reizt am Journalismus, dass man fast täglich Geschichten aufschreiben kann, auch wenn die eigene Fantasie gerade mal keine hergibt.

André Hille: Der Ausstieg

Andre Hille, Jahrgang 1974, studierte in Marburg Literatur- und Medienwissenschaften, mit den Nebenfächern Jura und Grafik/ Malerei. Seine literarischen Werke präsentierte Hille seit 1996 bei ersten Lesungen in der regionalen Szene. Danach widmete er sich schwerpunktmäßig der Malerei, und es folgten diverse Einzel- und Gemeinschaftsausstellungen. Seit 2001 arbeitet er als freiberuflicher Kulturjournalist und Autor und veröffentlichte diverse Kurzgeschichten in Zeitschriften und Beiträge in Anthologien. Im selben Jahr erschien sein Erzählband „Projekt Faces" im Selbstverlag. Derzeit arbeitet André Hille an seinem ersten Roman. 2005 wird der Kurzgeschichtenband „Die Textmaschine" erscheinen.

Heinz Werner Jezewski: Manuel

Heinz-Werner Jezewski wurde 1958 in Duisburg geboren. Nach diversen Ausbildungen zum Elektriker, Pferdewirt und Bürokaufmann und einem Zwischenspiel bei der Bundeswehr ist er als Netzwerktechniker und EDV-Dozent tätig. Da seinen beiden Söhnen die Geschichten in den Kinderbüchern nicht spannend genug waren, begann er zu schreiben. Jetzt, da die Kinder fast erwachsen sind, schreibt er, weil es ihm Spaß macht, Krimis, Kurz- und Langgeschichten. Der erste Roman „Mord an der Förde" liegt bereits fertig in der Schublade. Zur Zeit arbeitet er an verschiedenen Romanprojekten und Kurzgeschichten. Sein Traum: irgendwann einmal hauptberuflich zu schreiben.

Reinhard Keck: Sofia

Reinhard Keck wurde 1981 in Freudenstadt geboren. Er studiert Literatur- und Kommunikationswissenschaft in Erfurt und schreibt für diverse Zeitungen. Die hier abgedruckte Erzählung ist seine erste literarische Veröffentlichung. Quellen der Inspiration sprudeln vor allem im Shalaman House, Vicars Hill, in London und in sämtlichen Nachtzügen östlich von Wien. Er reist gerne und viel und – selbstverständlich – am liebsten mit der Bahn.

Karl Olsberg: Die Fingerübung

Karl Olsberg, alias Karl Ludwig von Wendt, geboren 1960, ist Gründer und Vorstandsvorsitzender der Hamburger Softwarefirma Kiwilogic. Nach seinem Studium der Betriebswirtschaftslehre in Münster promovierte er über Anwendungen der Künstlichen Intelligenz. Er war Unternehmensberater bei McKinsey & Company, Marketingleiter beim Fernsehen, Geschäftsführer einer Briefumschlagfabrik und Unternehmer in der Multimedia-Branche, bevor er 1999 die Firma Kiwilogic gründete, die künstliche Gesprächspartner im Internet entwickelt. Für das Geschäftskonzept von Kiwilogic wurden er und sein Team mit dem „eConomy-Award" der Wirtschaftswoche als Start-Up des Jahres 2000 ausgezeichnet. In seiner Freizeit entwirft Karl Ludwig von Wendt Brettspiele und komponiert elektronische Musik. Der Autor schrieb seinen ersten Romanansatz mit elf Jahren, begann jedoch erst 2003 „ernsthaft" und regelmäßig zu schreiben.

Jasamin Ulfat: Alleinsam

Jasamin Ulfat wurde 1982 in Gelnhausen geboren. Nach ihrer Emigration in den Jemen 2001, die Familie folgte dem humanitären Engagement des Vaters, arbeitete sie als Übersetzerin im Yemen German Hospital. Derzeit studiert sie Germanistik, Praktische Sozialwissenschaften und Anglistik in Essen. Schreiben ist für Jasamin Ulfat die seelische Verarbeitung des Erlebten. Die Autorin der Geschichte „Alleinsam" liebt es, ihre genauen Beobachtungen in skurrile Erzählformen zu verpacken, um den Blick auf alltägliche Dinge zu erweitern oder neue Sichtweisen zu ermöglichen.

Ingrid Walter: Das Etui

Ingrid Walter, geboren 1963 in Oberstdorf, studierte Germanistik, Kunstgeschichte und Amerikanistik an der Johann Wolfgang Goethe-Universität in Frankfurt am Main. Sie arbeitet als Journalistin und PR-Beraterin in Frankfurt am Main. 2001 veröffentlichte Ingrid Walter unter dem Titel „Dem Verlorenen nachspüren" ihre wissenschaftliche Arbeit über Autobiographien deutschsprachiger Schriftstellerinnen im amerikanischen Exil. Die Autorin verfasste bereits mehrere Kurzgeschichten und Erzählungen und arbeitet an einem Romanprojekt.

Sophia Wiest: Der Junge, der auf Koffern und in Zügen lebte

Sophia Wiest wurde 1985 in Konstanz am Bodensee geboren. Seit September 2004 befindet sich die Autorin im Vorstudium an der Bodensee-Kunstschule in Meersburg. Sie schreibt Kurzgeschichten, Gedichte und Märchen seit ihrer Grundschulzeit. Was Sophia Wiest zum Schreiben anregt, sind Wörter und Sätze, die sie schön findet und die ihr in die Hände fallen. Die Geschichte „Der Junge, der auf Koffern und in Zügen lebt" war ein Geschenk an ihren Vater, der Bahnfahrten über alles liebt und sehr viel Zeit in Zügen verbringt.